KB188535

첫사랑

첫사랑

초판 1쇄 인쇄 2023년 8월 10일
초판 1쇄 발행 2023년 8월 15일

지은이 헤르만 헤세·프리드리히 막스 뮐러·이반 세르게이 투르게네프·알퐁스 도데
엮은이 이상암·명한철·조선애
펴낸이 박현숙

기획 피뢰침
책임편집 맹한승
디자인 전진아(표지), 홍원규(본문)

펴낸곳 도서출판 깊은샘
등록 1980년 2월 6일(제2-69)
주소 서울특별시 용산구 원효로80길 5-15 2층
전화 02-764-3018~9 **Fax.** 02-764-3011
이메일 kpsm80@hanmail.net

ISBN 978-89-7416-265-8 03850
값 17,000원

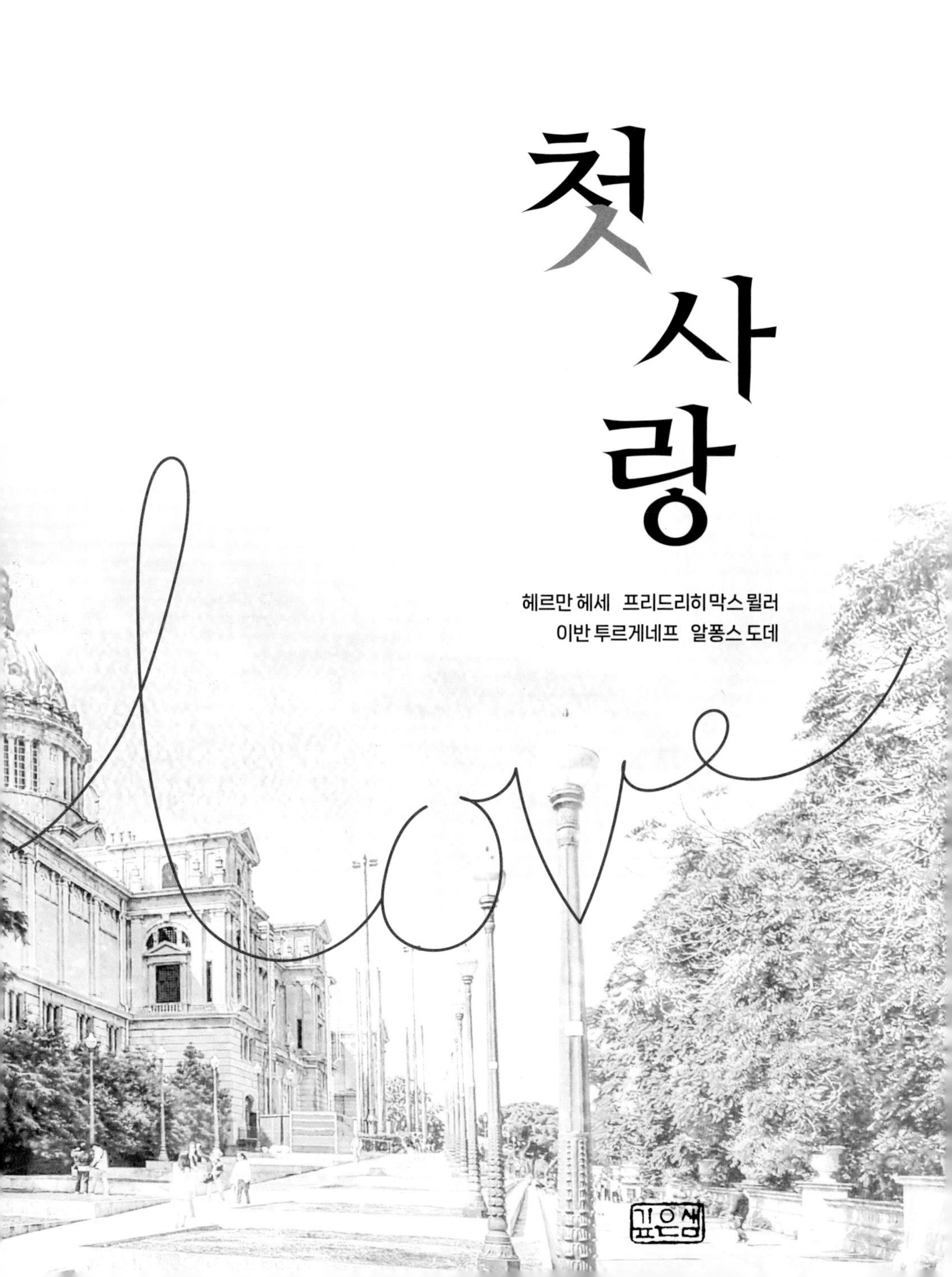

첫사랑

헤르만 헤세 프리드리히 막스 뮐러
이반 투르게네프 알퐁스 도데

깊은샘

라틴어학교 학생

헤르만 헤세

독일 낭만주의의 마지막 천재작가인 헤르만 헤세의 사랑의 명작 〈라틴어학교 학생〉에는 작가 특유의 서정적 필치와 심오한 사상으로 이루어질 수 없는 '첫사랑'의 가슴 아픈 로망스가 담겨 있다. 헤세는 모든 것이 어리숙하기만 했던 첫사랑의 그 시절로 되돌아가 아직 성숙되지 않은 한 소년의 아름다운 사랑의 순간을 애틋하게 그리고 있다. 라틴어학교 학생 칼 바우어에게 어느 날 찾아온 티네와의 풋사랑은 순간순간이 종잡을 수 없는 방황과 미혹의 마주침이었다. 칼은 티네와의 짧았던 그 봄날의 한 순간을 회상하며 첫사랑에 가슴 조이고, 상처받고, 딱지가 앉아, 어느덧 그 상처가 떨어져 나가 흔적만이 어렴풋이 남아 있음을 확인한다. 그렇게 결코 이루어질 수 없는 첫사랑과의 가슴 시린 그 순간을 아련히 바라보며 칼은 어느새 훌쩍 커버린 자신의 소중했던 첫사랑의 기억을 소중히 간직하고자 한다.

첫사랑이란 결코 이루어질 수가 없는 거야. 어린 나이에는 사랑하는 상대만 보이고 아직 자기의 희망은 보이지 않으니까.

그녀는 천천히 칼에게 다가가 그의 얼굴을 손으로 껴안으며 가만히 그의 입에 자신의 입을 맞추었다. 세상에서 가장 고요하고 청순한 키스였다.

칼, 가난한 봉상가의 일상

빽빽하게 집들만 모여 있는 오래된 마을의 정중앙에 여느 집들과 어울리지 않게 유독 큼직하고 고풍스런 건물 한 채가 우뚝 서 있다. 건물의 창문엔 촘촘히 작은 창들만 연이어 덧대져 있고 현관이며 계단은 오랜 세월을 견디지 못한 형국으로 초라하고 우스꽝스럽게 낡은 모습이 유난히 인상적인 집이다.

하루의 시작을 알리는 아침 시간이면 어김없이 가방을 매고 학교로 등교하는 열여섯 살 칼 바우어에게도 오래된 학교의 분위기는 매일 감지되었다. 칼은 라틴어와 고대 독일 시들은 쉽게 이해할 수 있고 자신의 취향에도 맞아 재미있어 했다. 그러나 아무리 해도 이해할 수 없는 희랍어나 대수학은 도무지 머리만 아프고 성적도 오르지 않았다. 의외로 마음에 드는 선생님은 희끗희끗한 수염을 기른 연로하신 선생님 몇 명 뿐이었고, 오히려 자신과 잘 맞을 것 같은 젊은 선생님들은 그를 힘들게 할 뿐이었다.

학교에서 가까운 곳에 손때 묻은 오래된 가게가 하나 있었다. 오래된 가게라면 으레 그렇듯이 가게로 가는 길은 어두침침한 계단과 언제나 열려 있는 문이 사람들을 반기곤 했다. 군데군데 페인트칠이 벗겨진 가게 현관에선 오래된 곰팡내가 풍기는 술이나 치즈 냄새가 났다. 늘 다녔던 가게라 칼은 어두침침한 그곳을 별 어려움 없이 드나들곤 했다. 그도 그럴 것이 칼은 이 집 맨 위층 방에 세 들어 살고 있기 때문이었다. 이 집의 아래층은 어두컴컴했지만 위층은 밝고 개방된 분위기였다. 볕이 잘 드는 날이면 위층 방 창문으로 눈부신 햇살이 밝게 비쳤고, 창문 밖으로 읍내 집들이 한눈에 들어왔다. 칼은 눈앞에 보이는 저 지붕은 빈센트의 집이고 빨간색 지붕이 인상적인 저 집은 비노트의 집이라는 둥 그 집에 살고 있는 사람들의 이름까지 댈 수 있을 정도로 읍내 마을의 집 지붕들을 속속들이 알고 있었다.

가게에는 이름을 댈 수 없을 만큼 맛있는 음식물이 잔뜩 진열돼 있었지만 칼의 하숙방에서 먹을 수 있는 음식은 손에 꼽을 정도로 극히 적은 음식에 불과했다. 하숙집 주인인 쿠스테러 부인이 주는 음식은 형편없이 부실해서 칼은 한 번도 만족스럽게 음식을 먹어본 적이 없었다. 그래도 음식만 제외한다면 두 사람은 그럭저럭 사이좋게 지내는 편이었다. 칼은 자기 방에선 한 성(城)의 성주였다. 세상 누구도 간섭하는 사람이 없었기 때문에 그는 남들이 생각지도 못한 다양한 일들을 시도했다. 자신의 성에 새장을 만들어놓고 두 마리의 박새를 키우는가 하면, 위층 방에 어울리지 않는 대장간을 만들어놓고 납이나 주석을 난롯불에 녹여서 주물을 떠 철물을 만들기도 했다. 그도 모자라 여름이면 상자 속에서 발이 달린 도마뱀을 키우기도 했다. 칼의 바람과는 달리 도마뱀은 노상 조그만 철조망에 구멍을 뚫고는 사라져버려 그를 애태우게 했다. 칼은 바이올린도 있어서 책 보는 게 싫증이 나거나 대장장이 노릇이 귀찮아지면 밤낮으로 바이올린을 켜서 주인아주머니에게 고문을 안기곤 했다.

가난한 몽상가의 일상은 매일 매일이 즐겁고 흥미로운 날들이었다. 무엇보다 칼은 지독한 독서가이기도 해서 보고 싶은 책은 하루가 멀다 하고 매일 빌려와 읽기 때문에 잡다한 지식은 늘 풍부한 편이었다. 그는 세상의 거의 모든 책을 독파했지만 그가 좋아하는 책들은 따로 있었다. 그건 바로 우화와 전설, 운문(韻文)으로 쓰인 비극이었다.

그러나 세상 모든 일이 즐겁고 흥미로운 자유로운 몽상가에게도 배고픈 것만은 참을 수 없는 일이었다. 칼은 배가 고파 도저히 잠들 수 없는 날이면 다람쥐같이 몰래 방에서 빠져나와 더러운 계단을 내려가서 희미한 빛만이 새어나오는 현관을 지나 가게로 갔다. 가게에는 으레 푹 꺼진 빈 상자 속에 팔다 만 치즈가 남아있거나 반쯤 먹고 남긴 청어 통조림이 뚜껑이 열린 채 진열대 한자리에 놓여있었다. 칼이 가게로 몰래 들어가 음식에 손을 대는 짓은 물건이 탐나서 저지르는 위험한 행동이 전혀 아니었다. 그것은 굶주린 사람의 어쩔 수 없는 배고픔에서 비롯된 본능적인 도벽에 가까웠다.

사랑, 이루어질 수 없어 더욱 황홀한 것

칼은 날마다 놀기도 하고 취미도 즐기면서 꼬박꼬박 학교에도 빠지지 않아야 했으므로 언제나 머릿속은 뒤죽박죽 복잡하기만 할 것 같았다. 그러나 우리의 자유몽상가 칼 바우어가 남들 다하는 놀고 즐기며 공부하는 생각에만 푹 빠져있다면 진정한 자유인이라 할 수 있겠는가. 언제부터인지 모르지만 칼에겐 인생에 큰 환희로 빛날 가슴이 설레는 황홀한 사랑의 세계에 눈 떠 가고 있었다. 무엇보다 그는 읍내에서 가장 아름답다는 한 소녀를 열렬히 사모하며 이루어질 수 없는 목표에 도달하려고 애쓰고 있었다.

어쩌면 사랑은 이루어질 수 없기에 더욱 황홀한 것이었을까. 칼에게 다가온 새로운 사랑의 문은 전혀 예기치 않은 곳에서 열리고 있었다.

찬바람이 얇은 옷깃에 스며들던 늦가을의 쓸쓸한 어느 날 밤, 칼은 여느 때처럼 우수에 젖어 엷은 밀크커피 한 잔으로 고독을 만끽하다가 낭만보다 더 간절한 배고픔을 견디지 못해 여느 때처럼 가게로의 도피를 하러 나섰다. 시린 배를 움켜잡고 예전처럼 몰래 계단을 밟고 살금살금 내려가 가게 현관문 안쪽을 손으로 더듬어보니 사기 쟁반이 하나 손에 잡혔다. 쟁반 위에는 더없이 탐스러운 잘 익은 배 두 개와 네덜란드 치즈가 가지런히 놓여있었다.

아마도 하숙집 주인에게 갖다 주려고 준비했던 음식 쟁반을 하녀가 잠시 현관 문 앞에 놓아둔 음식일 것이다. 생각지도 못한 보물을 발견한 사람처럼 들뜬 마음에 칼의 손은 자연스럽게 음식 쟁반으로 향했다. 그는 감사하는 마음으로 재빨리 음식을 호주머니 속에 넣었다.

하지만 기쁜 일 뒤에는 늘 심술궂은 일이 너무 빨리 찾아오는 법일까. 칼이 과일을 호주머니에 넣고 자취를 감출 새도 없이 하녀인 바벨이 불현듯 촛불을 들고 칼의 면전에 쓱 나타났다. 바벨은 너무도 태연하게 과일을 슬쩍 하려는 그의 범행을 목격하곤 소스라치게 놀랐다. 칼은 아직 치즈는 호주머니로 가져가지도 못해 그만 손에 들고 있었다. 그는 꼼짝없이 현장을 들킨 현행범이 되어 정지자세로 고개를 푹 숙인 채 하녀의 처분만 바라는 신세가 되었다. 칼은 쥐구멍이라도 찾고픈 심정으로 갈기갈기 찢어진 마음을 겨우 추스

르고 있었다. 한밤중의 깜깜한 가게 안에서 둘은 장승처럼 한동안 꼼짝도 않고 서 있었다. 칼은 지금보다 더한 괴로움을 느낀 적은 한 번도 없었다.

"안 돼요, 그런 짓은 못써요."

바벨이 겨우 정신을 차리고 입을 열었다. 그리고는 한참을 그를 노려보더니 어이가 없다는 듯 한마디 툭 던졌다.

"아니 젊은 사람이! 당신은 지금 도둑질을 하다 걸린 거예요, 아시겠어요?"

"아니, 뭐 그런 셈이긴 한데, 그렇다고…."

"도대체 그렇긴 뭐가 그래요?"

"늘 가던 길인데 지나가다가 거기 쟁반이 놓여 있길래…. 바벨, 나는 이렇게 생각했죠."

"어떻게요?"

"난, 너무 배가 고파서 어쩔 수가 없다고…."

그가 세상 불쌍한 사람의 표정을 지으며 이렇게 말하자 노처녀 바벨의 눈이 휘둥그레지며 부쩍 커졌다. 잠시 후 그녀는 나무라는 표정에서 놀람과 연민어린 눈으로 바뀌며 이 불쌍한 청년을 바라보았다.

"아니 얼마나 배가 고팠으면? 그래, 집주인이 먹을 것도 주지 않나요?"

"아주 조금. 아~아~주 조금밖에 안 주죠."

"어머나! 이를 어째? 좋아요. 기왕에 먹으려던 거니까, 호주머니에 넣은 것하고 치즈도 가져가세요. 집에는 먹을 게 많이 있답니다. 그렇지만 여기선 빨리 나갑시다. 딴 사람이 보면 안 되니까."

칼은 기분이 묘해져서 방으로 돌아왔다. 자리에 앉아 초라해진 자신의 처지를 생각하며 네덜란드산 치즈와 배를 세상에서 가장 맛없게 먹어 치웠다. 울적한 심사를 날려버릴 듯 심호흡을 크게 한 번 하고는 바이올린을 들어 좀 전의 일에 감사하는 찬송을 연주했다.

바이올린을 켜자 마음이 한결 가벼워졌다. 곡을 끝내기가 무섭게 밖에서 문 두드리는 소리가 났다. 문 밖에는 바벨이 서 있었다. 그녀는 우두커니 서서 버터를 잔뜩 바른 큼직한 빵을 그에게 쓱 내밀었다.

칼은 내심 반가웠지만 이것만은 받기가 싫어졌다. 그러나 그녀도 보통 고집이 아니었다. 빵을 안 받으면 그 자리에서 한발도 물러서지 않겠다는 듯 빤히 그를 바라보는 그녀의 시선이 버거워 빵을 기꺼이 받아야 했다.

"바이올린을 아주 잘 켜시네요."

그녀는 놀라운 빛을 숨기지 않고 말했다

"종종 밤이면 위층에서 들리는 바이올린 소리가 참 좋았어요. 앞으로 식사는 제가 꼭 돌봐드릴게요. 식사 때는 반드시 배부를 만큼 무엇이든 가지고 올게요. 충분히 식비를 지불하셨을 텐데 왜 아주머닌 이렇게 초라한 식사를 줄까, 참!"

칼은 그럴 수 없다며 바벨의 제안을 한사코 사양했지만 그녀는 자신이 알아서 하겠다며 걱정 말라고 했다. 도무지 물러설 줄 모르는 그녀의 제안에 칼은 어쩔 수 없이 승낙할 수밖에 없었다. 그렇게 두 사람의 약속이 성립됐다. 식사가 모자라면 집으로 들어와서 위층 계단으로 올라가면서 휘파람으로 〈황금의 석양〉이란 노래를 부르면 그녀가 음식을 챙겨서 위층 방으로 오기로 했다. 물론 아무런 노래도 부르지 않을 때는 만족한다는 표시였다. 칼은 반성과 감사의 마음을 함께 전하며 투박한 그녀의 손을 마주 잡았다. 그녀도 동지가 된 느낌으로 칼의 손에 힘을 주며 둘만의 약속을 굳게 다짐했다.

어느 가을밤의 맹세 이후 김나지움의 학생 칼의 기쁨과

감격에 사로잡힌 행복한 날들이 새로 시작되었다. 고향에서의 유년시절 이후 처음 겪는 일이었다. 부모님이 시골에 살고 계셔서 그는 어려서부터 하숙생활을 해 와서 행복할 일이 별로 없던 날들을 보냈었다. 바벨과의 특별한 인연으로 인해 칼은 오랜만에 고향 부모님을 떠올리곤 했다. 그녀가 어머니같이 그를 보살펴주고 아껴주기 때문이었다. 바벨이 40세 전후이니 칼과는 어머니뻘 되는 나이였다. 고집 세고 원칙적인 성격의 융통성 없는 여자였던 바벨은 칼과의 이상한 인연으로 인해 서로 친구가 되고, 피보호자가 되고, 피부양자가 되는, 둘도 없는 관계로 발전하게 되었다. 칼과의 부드러운 인연이 시작되면서 그녀의 완고했던 마음속에 어느 날부터 부드럽고 희생적인 그녀만의 여성스러움이 서서히 모습을 드러내게 되었다.

바벨의 마음 씀은 칼에겐 더없이 다행스런 일이 아닐 수 없었다. 그는 어느 날 현관 입구에서 도둑질하다 걸린 창피도 깨끗이 잊어버리고 날이면 날마다 계단에서 천연덕스럽게 〈황금의 태양〉을 불러댔다.

칼은 바벨에게 항상 진심으로 감사한 마음을 갖고 있었다. 그러나 바벨의 친절이 단지 음식뿐이라면 그에게 바벨은 그리 특별한 사람으로 기억되지는 않았을 것이다. 바벨과 소년과의 관계는 단지 치즈나 햄만으로는, 아니 숨겨놓은 과실이나 포도주만으로는 오래도록 이어지지 않았을 테니까.

바벨은 쿠스데러 댁에서 뿐 아니라 마을 이웃들도 두루 인정하는 훌륭한 사람이라는 평을 들었다. 그녀가 있는 곳에서는 무엇이든 즐겁고 의미 있는 일이 일어났다. 마을 주부들은 누구나 자기 집 하녀가 바벨과 친하게 지내기를 바랐다. 바벨이 추천하는 하녀는 좋은 대우를 받게 마련이었다. 그녀와 친하면 부근 '하녀회'나 '여자 청년회'에 속해 있는 것보다 훨씬 평판이 좋았다.

언제나 찾는 사람이 많다보니, 바벨은 쉬는 날이나 일요일 오후가 돼도 좀처럼 혼자 있는 날이 드물었다. 누가 먼저 랄 것도 없이 모두가 바벨을 원해서, 그는 집안일을 할 때가 이 시간 이후로 딱딱한 거리는 부드러운 잔디로, 어두운 밤공기는 따사로운 봄볕으로 느껴졌다. 지금 그에게 보이는 세상 모든 것들은 눈부시게 밝게만 보였다.

아니면 손아래 하녀들과 함께 시간을 보내거나 그들에게 조언을 해주곤 하였다. 바벨과 손아래 하녀들은 한 번에 여러 가지 놀이와 노래와 수수께끼를 함께하면서 시간을 아낌없이 활용했다.

이 활기 넘치는 처녀들의 모임에 라틴어학교 학생 칼이 어느 날 손님으로 참석하였다. 칼은 김나지움보다 처녀들의 모임에서 세상 사는 법을 더 많이 배울 수 있었다. 칼은 처음 처녀들의 모임에 참석하던 날의 기억을 잊을 수가 없었다. 장소는 뒤뜰이었다. 여자들은 마을 공터의 허름한 뒤뜰의 계단이나 빈 통 위에 아무렇지 않게 걸터앉아 있었다. 집안일을 끝낸 뒤에 만난 자리라 벌써 사방은 어두컴컴했으며, 그들의 머리 위에는 엷고 푸르스름한 저녁 햇살이 지나치는 가운데 언뜻언뜻 저녁 하늘이 희미하게 보였다. 바벨은 반원형의 저장고 앞에 놓인 조그마한 나무통 위에 편안하게 앉아 있었다. 칼은 첫 자리가 낯선 듯 입구의 기둥에 기댄 채 그녀 옆에 쭈뼛거리며 서서 밤기운에 희미하게 보이는 여자들의 얼굴을 무심하게 바라보고 있었다. 그 와중에 칼은 학교 친구들이 이 모임을 안다면 자신에게 뭐라고 할지 걱정이 태산같았다.

아, 이들의 얼굴! 칼은 이 처녀들의 얼굴을 한두 번 본 적이 있다는 느낌을 받았다. 하지만 낮에 언뜻언뜻 하인으로 보던 그녀들과 땅거미 지는 황혼녘에 모인 그녀들의 얼굴은 영판 딴사람처럼 보였다. 게다가 무슨 수수께끼라도 풀 듯 일제히 자신을 응시하고 있는 그녀들의 눈길이 칼을 곤혹스럽게 했다. 칼은 지금까지도 그녀들의 이름, 얼굴, 과거를 모른다. 어떤 사연이 깃든 과거들일지! 이 몇 안 되는 하녀들의 삶에는 얼마나 깊은 운명과 진실과 고난과 고결함의 사연이 숨겨져 있는 것인지!

청수장(靑樹蔣) 댁의 안나가 보였다. 안나, 어릴 적 처음으로 하녀로 들어간 집에서 물건을 훔쳐 한 달 동안 감옥살이를 했던 적이 있는 여자. 불행한 인생의 첫 단추를 꿰고 절치부심하며 몇 해를 두고 부지런히 일만 해서 비로소 정직한 여자로 평가받을 수 있었던 여자. 큼직한 갈색 눈의 그녀는 미동도 하지 않고 앉아서 호기심이 가득 찬 눈으로 그를 바라보고 있었다.

꽃집의 마르그레트는 언제나 쾌활하고 쉴 새 없이 재잘거렸으며 붉은 빛이 도는 곱슬머리가 아름다웠다. 언제나 깨끗한 옷을 입었고, 물색 리본과 알록달록한 꽃모양의 배지를 맵시 있게 달고 있었다. 그러나 좀처럼 돈은 쓰지 않는 깍쟁이 처녀로, 모은 돈은 죄다 고향의 의붓아버지에게 보내드리는 효녀 딸이기도 했다. 딸이 정성스럽게 보낸 돈을 의붓아버지는 모두 마셔 없애버리고는 고맙다는 말 한마디 하지 않았다. 그녀는 파란 많은 인생여정을 보냈다. 결혼은 불행했으며 개인사에도 숱한 재난과 고생이 따랐다. 그래도 여전히 명랑하고 애교 있고 순수함을 간직한 품위 있는 여인이었다.

그녀들의 삶은 누구랄 것 없이 하나같이 신산(辛酸)한 인생이었다. 돈과 기쁨과 즐거움은 적고 일과 걱정과 불만은 많았다. 언제나 세상 풍파를 앞서 맞은 사람들이며 몇몇을 빼고는 모두 늠름한 여장부들뿐이었다. 그들의 여가는 정말 짧아서 그만큼 소중한 것이었다. 그들은 짤막한 여가를 틈타서 농담이나 콧노래, 한 줌의 호두로도 정말 즐겁게 시간을 보냈다. 참혹한 고문 얘기라도 나오면 자기 일인 양 몸을 떨면서도 흥미롭게 들었고, 슬픈 노래가 나오면 함께 따라 부르다가 자기도 모르게 한숨을 쉬며 선량한 눈에 눈물을 글썽거렸다.

물론 일행 중에는 날마다 남의 험담이나 하면서 불평불

만만 늘어놓는 고약한 여자도 두서너 명 있었다. 그러나 바벨은 그녀들이 지나치게 험담만 늘어놓는다고 판단되면 여지없이 그들을 나무랐다.

그중에서도 승려거리의 그레트는 정말 불행한 여자였다. 그녀는 가난한 생활도 힘든데 자신의 신앙심 때문에 두 배로 괴로움이 컸다. 그레트는 이 모임에 자신이 미지근한 것이 순전히 신앙이 모자라서 그런 것같이 여겼다. 그녀는 사람들에게 꾸지람이라도 들으면 몰래 한숨을 쉬며 입술을 지그시 깨물고는 모기만한 소리로 중얼거리듯 말했다.

"정직한 인간이 되려면 고난을 많이 겪어야 하나봐."

어두침침한 뒤뜰 구석에 자리 잡은 처녀들은 서로의 얘기를 주고받으며 오늘 밤에는 또 어떤 재미있는 일이 일어나 즐겁게 지낼지 은근히 기대하는 눈치로 칼의 등장을 기다리고 있었다. 그녀들이 하는 얘기나 태도는 교육 받은 소년이 보기엔 재치가 있거나 품위 있어 보이진 않았다. 그러나 차츰 처녀들의 모임 분위기에 익숙해지자 칼은 자연스레 마음이 유쾌해지며 어둠 속에 아무렇게나 무리져 앉아 있는 여인들의 모습마저 그렇게 아름다울 수가 없었다.

"여러분 오늘 특별히 제가 한 분을 소개하겠습니다, 이분은 라틴어학교 학생 칼입니다."

바벨은 칼을 소개하고는 곧 불쌍하게 배에 굶주려 빵을 훔치려다 자신에게 도둑으로 몰린 사연을 얘기하다 칼이 소매 깃을 잡아당기자 겨우 얘기를 그만두었다.

"그럼, 당신은 앞으로도 공부를 더 많이 해야겠네요?"

불그스름한 금발의 꽃집 하녀 마르그레트가 이렇게 묻더니 갑자기 이상한 질문을 했다.

"도대체 그렇게 많이 배워서 커서는 무엇이 될 작정이죠?"

"아직 확실히 진로를 정하진 못했습니다. 저는 의사가 되고 싶습니다만, 아직 뚜렷한 건…."

칼의 우물쭈물한 한마디에 좌중은 일제히 그에게 존경의 시선을 보내기 시작했다.

"하지만 의사가 되려면 지금부터 수염을 길러야 해요."

약방의 레네가 말했다. 레네의 한마디에 모두들 깔깔대면서 한두 명씩 칼을 골리려고만 들었다. 바벨이 구해 주지 않았다면 그는 처녀들의 놀림감이 되고 말았을 것이다. 시간이 지나 그녀들은 무슨 얘기든지 재미난 얘기 하나만 해달라고 졸라댔다. 칼은 많은 책에서 본 이야기를 떠올렸지만 긴장해서 그런지 담력 내기를 한 사나이의 얘기밖에 생각나지 않았다. 그래서 그 얘기를 하기 시작하자 그녀들은 깔깔대며 소리쳤다.

"그 얘기는 우리가 다 외고 있어요."

수도원거리의 그레트가 경멸하듯 말했다.

"그따위 얘기는 개구쟁이들 앞에서나 하는 거예요."

칼은 창피해서 입을 다물어버렸다. 대신 바벨이 "다음번에는 딴 얘기를 들려 줄 거야. 칼의 방엔 책이 가득 차 있거든." 하고 말해서 간신히 난처한 자리를 모면할 수 있었다. 그 말이 그에겐 더없이 고마웠다. 그는 다음번엔 기필코 그녀들이 놀라게 될 근사한 얘기를 들려주리라 마음먹었다.

어느새 하늘의 푸른 빛은 모두 사라져버렸고, 검게 물든 밤하늘엔 별빛만이 초롱초롱 반짝이고 있었다.

"이젠 모두 집으로 갈 시간이네."

바벨이 말하자 모두 일어나서 머리카락과 머릿수건을 털어 옷매무새를 가다듬고는 아쉬운 작별인사를 나누며 뒷문으로 혹은 현관으로 제각기 갈 길을 재촉했다.

칼은 인상 깊은 처녀들의 저녁 모임에 처음 참석한 후 복잡한 심정으로 자기 방으로 올라갔다. 한편으론 흡족한 기분이 들다가도 얼마 안 가 괜히 다녀왔나 싶은 아쉬운 마음이 생기기도 했다. 젊은 오기와 라틴어학교 학생 특유의 나이브한 기질이 섞여 있던 그는, 오늘 새로 알게 된 그녀들이 자신과는 전혀 다른 세상에 있다는 사실에 묘한 이질감을 느꼈다. 자신의 게으른 일상과는 달리 그녀들은 철저한 속박 속에서 바쁜 하루하루를 힘들게 살아가면서도 동화 같은 신기한 세계를 알고 있고, 그녀들만의 전문적인 능력이 있다는 사실이 놀라웠다. 책상발림으로 얻은 지식으로 조금은 현학적인 자부심도 갖고 있던 그는 이 천진난만한 소박하면서도 재미있는 생활, 즉 거리의 사람 같은 민중들의 세계도 가끔은 깊이 들여다보고 싶어졌다. 그러나 한편으로는 민중의 세계가 자기의 세계보다 어느 면에서는 훨씬 우월한 부분도 많다는 것을 알고는 그들에게 압도되어 휘둘리지나 않을까 걱정이 되기도 했다.

그러나 당분간 그런 염려는 하지 않아도 될 것 같았다. 왜냐하면 하녀들의 밤의 모임이 점점 짧아지고 있었기 때문이다. 지금은 견딜 만했지만 겨울이 점점 깊어 가면 밤이 너무 빨리 찾아와 모일 수가 없을 것 같았다. 점점 만나기가 힘들어질 것 같은 조바심 때문에라도 칼은 그녀들과의 약속을 지키고 싶었다. 그래서 바벨에게 독촉해 앞당겨 약속 모임을 잡았다. 그리고 그 자리에서 《보석상자》에서 읽은 〈쮼델하이너, 쮼델프리더Zundelheiner Zundelfrieder〉 이야기를 했다. 이 이야기는 처녀들로부터 대단한 박수갈채를 받았다. 칼은 이야기가 재미없을 것 같아 최후의 교훈을 생략해 버렸지만 바벨이 자기 성향대로 마음대로 교훈을 지어서 덧붙여 말했다. 새침떼기 그레트를 제외한 모든 여자들은 한 목소리로 칼의 말솜씨가 대단하다며 칭찬을 아끼지 않았다. 그들은 서로 중요한 대목을 먼저 외우려고 아우성이었다. 그들이 다음에도 이렇게 재밌는 이야기를 해 달라고 너도나도 졸라대서 칼은 그러마고 그녀들과 약속을 해 두었다. 그러나 다음날부터 갑자기 날씨가 추워져서 모임 할 엄두조차 내지 못했다. 그리곤 바로 크리스마스가 가까워 오면서 그녀들의 일상이 너무 바빠지고 다른 생각들이 많아지면서 칼의 약속은 그들의 관심에서 사라져버렸다.

어느 날, 덧없이 끝나고 만 짧은 사랑

크리스마스가 지나고 새해가 되면서 즐거운 방학을 맞았다. 1월은 맑고 쌀쌀했다. 칼은 쨍한 겨울 날씨에도 불구하고 틈만 나면 스케이트장으로 달려갔다. 그러던 어느 날, 앞서 말한 그 아름다운 소녀와 나누고 싶었던 칼의 사랑 이야기는 덧없이 끝나고 말았다. 칼의 친구들이 제법 기사도 정신을 발휘해 소녀의 환심을 사려 들었다. 그러나 그녀는 누구에게 더 특별할 것도 없이 자신의 미모를 뽐내며 칼과 친구들에게 쌀쌀맞은 농담을 건네며 가볍게 대했다. 그는 그녀의 자신만만한 태도를 누구보다 잘 알고 있어서 틈을 봐서 용기를 내어 함께 스케이트를 타자고 권유해 보았다. 칼은 속으론 떨렸지만 얼굴이 붉어지거나 말을 더듬지는 않고 차분하게 말을 걸 수 있었다. 그녀는 부드러운 가죽장갑을 낀 조그만 손으로 얼어서 새빨개진 칼의 손을 잡고 스케이트장을 한 바퀴 돌았다. 그녀는 스케이트를 타면서 칼의 서투른 제스처가 너무 우스꽝스럽다고 느꼈던지 두 바퀴째 돌면서 갑자기 칼에게 감사하다고 가볍게 고개를 숙이고는 그의 시선에서 먼 곳으로 사라져버렸다. 잠시 후 저쪽에서 그녀가 친구들과 함께 낄낄대며 웃는 소리가 들렸다. 버릇없이 자라 자기만 아는 소녀가 아니면 들을 수 없는 비아냥대는 웃음소리였다. 그녀의 한 친구는 밉살스럽게 칼을 째려보기까지 했다.

칼은 그녀와 친구들의 몰상식한 행동에 더는 참을 수가 없었다. 그는 화가 치밀어올라 순수한 연정(戀情)을 접기로 했다. 그 후부터 칼은 그녀를 말괄량이라 여기면서 길거리에서 만나도 일절 모르쇠로 일관하는 것으로 위안을 삼았다.

겨울방학의 어느 날 밤, 친구들과 마지막으로 어울렸던 그때 그에게 공교롭게도 조그마한 사건이 일어났다.

친구들은 넷이 짝이 되어 산책용 지팡이를 흔들면서 브뤼엘 골목을 오르내리며 좋지 않은 일을 꾸미고 있었다. 한 친구는 양칠 테를 한 안경을 쓰고 있었고, 넷 다 중절모나 학생 모자를 아무렇게나 눌러 쓴 채 걸어가고 있었다. 조금 있으니 그들의 뒤에서 하녀 한 사람이 종종걸음으로 바쁘게 그들을 앞질러 갔다. 그녀의 한 손에는 큼직한 광주리가 안겨 있었는데, 광주리에서 검은 줄 한 올이 늘어져 땅에 끌려

가고 있었다.

칼은 아무 생각 없이 손에 끈이 잡혀 그 끈을 잡아당겼다. 그것도 모르고 젊은 하녀가 앞으로 내처 걸어가자 끈이 풀려 점점 길어졌다. 아이들은 좋아라고 웃어댔다. 이상한 낌새를 눈치 챈 하녀가 힐끔 뒤를 돌아보더니 소년들 앞에 딱 섰다. 짙은 금발이 인상적인 아름다운 하녀였다. 그녀는 다짜고짜 칼의 뺨에 세게 따귀를 때리더니 아무 일 없었다는 듯이 땅에 떨어진 끈을 서둘러 집고는 칼 일행에게서 사라져버렸다.

순식간에 당한 일이었지만 칼은 졸지에 친구들의 놀림감이 되었다. 그는 너무 창피하고 기분이 나빠 아무 말도 하지 못하고 다음 거리에서 친구들과 인사도 없이 헤어져버렸다.

방에 들어와 곰곰 그 순간을 되돌아보니 이상한 기분이 들었다. 어두운 밤길에서 잠깐 스친 얼굴이었는데도 그녀는 칼을 설레게 할 만큼 아름답고 청초한 모습이었다. 여자한테 얻어맞았다는 것마저 잊어버릴 만큼 가슴이 설레는 기분 좋은 기억이었다. 흐뭇한 기분도 잠시, 칼은 그렇게 어여쁜 여인에게 가벼운 장난을 쳤으니 그녀가 자신을 얼마나 한심한 남자로 여겼을 지를 생각하며 후회와 부끄러움으로 몸

둘 바를 몰랐다.

칼은 천천히 집으로 돌아왔다. 경사가 급한 계단을 오르며 우울한 기분에 잠겨 조용히 자기 방으로 들어갔다. 방안에 앉아 한참을 유리창에 이마를 댄 채 어둡고 추운 방에서 우두커니 생각에 잠겼다. 이윽고 울적한 심사를 달래려고 바이올린을 꺼내 켜기 시작했다. 바이올린을 켜는 동안 칼은 고향집 뜰과 누이동생과 베란다 옆 붉은 금련화(金蓮花)와 어머니가 생각났다. 칼은 잠자리에 누웠지만 쉽사리 잠을 청할 수가 없었다. 고집 세고 대담한 이 장난꾸러기가 설움에 겨워 소리 없이 흐느껴 울기 시작했다. 칼의 고단하고 복잡한 하루는 이렇게 조용히 울면서 마무리됐다.

바벨은 틀림없이 이 개구쟁이가 몸이 아픈 거라고 생각했다. 오래전 했던 소년과의 약속을 상기하며 그녀는 그의 방에 찾아왔다. 한손엔 큼직한 리옹제(製) 소시지 한 조각을 들고 갔다. 그녀는 칼에게 자기가 보는 앞에서 소시지를 먹어치우라고 말했다.

"전, 괜찮아요."

칼이 말했다.

"지금은 먹고 싶지 않아요."

칼이 한사코 거부해도 바벨은 젊은이는 언제 어디서든 배불리 먹어야 한다며 자신이 보는 데서 어서 먹으라고 성화였다. 그녀는 김나지움에선 젊은 학생에게 공부를 너무 시킨다는 말을 들었다며 칼도 그런 학생이라고 여겼다. 그러나 그녀의 바람과는 달리 칼은 공부를 너무 하기는커녕 거의 팽개치다시피 하고 있다는 사실을 그녀는 알지 못했다. 그녀는 칼이 병이 나서 식욕이 떨어진 거라고 짐작하고, 칼에게 이것저것 건강 상태를 캐물었다. 그리고 마침내 요즘 한창 인기가 좋은 변비약을 그에게 주었다. 칼은 그녀의 지나친 염려에 그만 웃지 않을 수 없었다.

칼은 결국 자신의 신변 상황을 그녀에게 털어놓았다. 자신은 매우 건강하며 식욕이 떨어진 것은 자신에게 화나는 일이 생겨서 마음이 불편했기 때문이라고 말했다. 한마디로 만사가 귀찮아져서 그랬다고 털어놓았다. 그녀는 무슨 말인지 잘 알겠다며 칼을 안심시켰다.

"요즘은 그 신바람 나는 휘파람소리도 통 들을 수 없으니 무슨 일이래요. 그렇다고 큰 일이 난 것도 아닌데 뭐 좋은 일이라도 있어요? 혹시 여자와 사랑에 빠진 거 아니에요?"

칼은 바벨의 뜻밖의 말에 약간 얼굴이 붉어졌다. 하지만 이내 아무 일도 아니라며 웃는 낯으로 사태를 진정시켰다. 무엇보다 바벨은 칼만 괜찮다면 아무 일 없다며, 아마도 그가 너무 다람쥐 쳇바퀴 돌 듯 단조로운 일상에 약간 지쳐 있는 것 같다고 판단했다.

"칼, 그렇게 무료하면 우리 좋은 해법을 찾읍시다."

그러면서 바벨이 마침 좋은 일이 있다며 칼에게 솔깃한 제안을 했다.

"내일 이웃인 리스의 결혼식이 있어요. 리스가 직공인 신랑과 좋게 된 건 얼마 안 됐어요. 리스는 좀 더 좋은 사람에게 시집가려고 했지만, 지금의 신랑이 워낙 성실하고 착한 사람인 것 같아 그와 백년가약을 맺기로 했어요. 물론 돈이 많으면 좋겠지만 돈만 많다고 다 행복한 건 아니잖아요. 말이 난 김에 우리 결혼식에 같이 갑시다. 리스도 칼을 잘 아니까 가도 무척 환영할 거예요. 청수장 안나도 오고, 수도원

거리의 그레트도 온다고 했어요. 마침 내가 같이 갈 사람이 없었는데, 당신이라면 괜찮겠네요. 별로 올 사람도 없을 테니 비용도 많이 가지고 갈 필요 없어요. 내일 결혼식은 정말 조촐한 결혼식이거든요. 잘 차린 음식이나 흥겨운 춤이 없어도 얼마든지 즐겁게 결혼식을 치를 수 있거든요."

"그래도 난 초대받지 못한 낯선 손님일 텐데요?"

칼은 어떻게 하면 좋을지 몰라 약간 주저하는 투로 말했다. 그러나 바벨은 칼의 염려 따위는 아무런 문제가 안 된다며 그에게 용기를 주려고 했다.

"그렇게 크게 신경 쓸 거 없어요. 길어봤자 한두 시간이면 될 텐데요 뭘. 아, 참 내게 좋은 생각이 있는데요. 칼이 바이올린을 가져가서 신랑신부에게 축하 연주를 하면 어떨까요?"

"아, 그건 좀 곤란해요. 못하겠어요."

"아니 쓸데없는 핑계는 그만둬요. 꼭 가지고 가요. 당신이 바이올린을 켜면 하객들을 즐겁게 해줄 수 있고, 사람들이 고마워할 거예요."

칼은 곰곰이 생각하다가 어쩔 수 없다는 듯이 그러마고 승낙했다.

다음날 저녁 바벨은 칼을 데리고 결혼식에 갔다. 그녀는 장롱 깊이 숨겨 놨던 잘 입지 않던 아가씨 때 나들이옷을 입었는데 그때보다 풍채가 커져서 옷이 작아 우스꽝스럽게 보였다. 리스의 잔치가 무척 흥미로운지 바벨의 얼굴엔 붉은 홍조마저 돌았다.

둘은 함께 초라한 집으로 향했다. 그곳은 그 젊은 신혼부부가 세를 얻은, 부엌과 침실이 붙어 있는 방이었다. 칼은 바이올린을 들고 있었다.

둘은 눈이 녹아 살짝 얼어 있는 빙판길을 조심조심 걸었다. 무엇보다 새 신을 더럽히기 싫었기 때문이다. 바벨은 커다란 양산을 팔에 끼고 색 바랜 갈색 스커트를 두 손으로 번쩍 치켜들고 칼 옆에서 종종걸음으로 가고 있었다. 칼은 이런 바벨의 걸음거지에 질색을 하며 누가 자신들을 보지나 않을까 노심초사하며 그녀와 어색하게 보조를 맞추며 걸었다.

신혼 방이라고 급하게 흰 석고를 바른 소박한 신혼부부의 방 중앙에 마련된 전나무 식탁 둘레에는 일고여덟 명의 친한 사람들이 자리 잡고 있었다. 신랑 친구가 둘, 신부 친구와 친지가 두서너 명이었다. 결혼 축하 음식으로 나온 로

스트와 포크, 샐러드 등을 하객들이 배불리 먹고 있는데 바벨과 칼이 방으로 들어오자 모두 일어섰다. 주인은 조금 멋쩍은 듯 꾸벅꾸벅 두 번이나 인사를 하고 하객 소개는 말솜씨 좋은 신부가 담당했다. 두 손님은 각기 신혼부부와 악수를 했다.

"과자를 드세요."

신부가 말했다. 수줍음이 많은 신랑은 말없이 새 술잔을 꺼내 두 잔에 맥주를 따랐다. 초저녁이라 거리에 등불이 켜 있지 않아서 신랑신부에게 칼이 인사했을 땐 수도원거리의 그레트 밖에 안 보였다. 더 아는 사람이 없나 주위를 두리번거리는 칼에게 바벨이 눈짓을 주자 그가 준비해 온 축의금을 신부에게 건네고 간단한 축하 인사를 덧붙였다. 물론 이 돈은 바벨이 미리 칼에게 쥐어준 돈이었다. 칼과 바벨은 주인이 권하는 의자에 앉아 맥주 잔을 잡았다.

그때 칼의 눈에 스치듯 들어온 이는 언젠가 브뤼엘 골목에서 자신에게 따귀를 때렸던 그 젊은 하녀였다. 칼은 그녀를 보자 깜짝 놀랐다. 다행스럽게도 그녀는 칼을 알아보지 못했다. 그날 일은 기억이 없는지 그녀는 칼과 얼굴을 맞대도 자연스럽게 하객 일행으로 어울렸고, 모두 일어나 건배를 나눌 때도 스스럼없이 그와 술잔을 부딪쳤다. 별일 없다고 판단한 칼은 조금 마음을 가라앉히고 똑바로 그녀를 쳐다보았다. 그 당시에는 창피하기도 하고 화들짝 놀라기도 해서 그녀의 얼굴이 도통 떠오르지 않았지만 아무래도 칼의 마음속에는 늘 자리 잡고 있었던 모습이었다. 그런데 실제로 가까이서 보니 그때의 생각과는 달리 유난히 귀엽고 붙임성이 좋은 사람이었다. 그녀의 얼굴은 칼이 마음속으로 그리던 모습보다 훨씬 온화하고 새초롬하고 갸름한 미인이었다. 아름다운 미모에 성격도 무척 밝았으며 그 나이 또래의 젊은 여인의 애교가 적당히 녹아있었다. 나이는 칼과 비슷해 보였다.

결혼식에 온 다른 사람들은 모두들 떠들썩하게 그동안 못다 나눈 얘기들을 주고받느라 정신이 없었지만 칼은 도통 상대할 사람이 없어 시무룩하니 가만히 있었다. 지금 칼에게 관심 있는 건 바벨과 안나가 아니었다. 오로지 그 금발의 소녀만이 그의 눈에 들어왔다. 칼은 손가락으로 술잔을 만지작거리며 그녀에게서 한시도 눈을 떼지 않았다. 조금씩 욕망의 나래가 펄럭이며 그녀의 입술에 입맞춤하고 싶다는 이루지 못할 상상도 슬쩍 해본다. 그때마다 칼은 내가 지금 무슨 생각을 하는 거지 하며 스스로가 우스워졌다.

칼은 앞자리에 앉아 동료들과 눈웃음을 지으며 명랑하게 떠들고 있는 그녀밖에는 도통 관심이 없었다. 그저 우울해져서 말없이 자리만 지키고 있었다. 무료한 시간을 달래려 이곳저곳 허공에다 눈길을 주는 칼에게 바벨이 어서 바이올린을 켜달라고 졸랐다. 그는 이 기분에선 별로 연주할 마음이 들지 않아서 애써 사양해 보았지만 바벨이 요지부동으로 계속 조르자 어쩔 수 없이 바이올린을 켜기로 한다. 칼은 케이스에서 바이올린을 꺼내 조율한 다음 자신이 좋아하는 노래를 한 곡 연주했다. 실수로 음정을 너무 높게 잡았는데도 사람들은 곧잘 높은 키의 음악을 따라 불렀다. 바이올린과 노래가 어우러진 멋진 하모니가 한 곡 끝나자 좌중은 아연 활기를 띠었다. 여기에 결혼 축하연에 쓰려고 갓 사온 탁상용 램프등이 켜지자 자연스럽게 하객들은 아껴온 노래를 불러대면서 방안은 노랫소리로 큰 합성이 되었다. 노래와 바이올린 연주가 절정으로 치달으면서 방안엔 시끄러운 불협화음이 터져 나갔고 연이어 신선한 맥주통이 자꾸만 나왔다. 칼이 준비해 온 무용곡 중 한 곡을 골라 연주하자 축하객들은 바로 쌍쌍이 어울려 가뜩이나 좁은 방안을 정신없이 돌며 축하연의 피날레를 장식했다.

아홉 시도 지나서 손님들도 각자의 자리로 돌아가기 위해 자리에서 일어났다. 칼로선 운명의 순간처럼 그 금발 소녀와 귀갓길을 동행하게 되었다. 물론 단 둘이면 최고의 시간이었겠지만 아쉬운 대로 바벨과 동행하며 거리를 걸었다. 걷는 동안 칼은 용기를 내서 그녀에게 말을 건넸다.

"누구네 집에서 일하고 계세요?"

"소금거리 모퉁이에 있는 에콜라 씨의 상점에서 일해요."

"아, 그렇구나."

"네. 그래요."

"아, 참, 음, 그러면…."

한참을 무슨 말을 해야 할지 몰라 머뭇거리다 다시 칼이 용기를 내어 대화를 이어갔다.

"오신 지는 얼마나 되셨어요?"

"반 년이요."

"우리, 전에 한번 마주친 적이 있는데…."

"저는 기억이 전혀 없는데요."

"언젠가 저녁 때, 브뤼엘 골목에서 마주쳤잖아요."

"글쎄, 전 기억이 없는데. 아무래도 길거리에서 슬쩍 마주친 사람을 다 기억할 수는 없잖아요."

그는 그날의 불미스런 일을 그녀가 기억하지 못한다는데 안도의 한숨을 쉬었다. 그녀가 그때 일을 따진다면 그녀에게 용서를 구하려고 할 참이었다.

한참을 걸어서 그녀가 사는 거리에 이르자 그들은 서로 인사를 하려고 잠시 멈춰 섰다. 그녀는 먼저 바벨과 인사를 하고는 칼을 돌아보며 말했다.

"오늘 정말 고마웠습니다. 안녕히 가세요."

"무슨 말씀이신지?"

"그 아름다운 바이올린 연주 말이에요. 정말 좋았어요. 그럼 안녕히 가세요."

그녀가 몸을 돌리려 할 때 그는 손을 내밀었다. 그녀는 살며시 칼의 손을 잡아주었다. 칼은 순간 백만 볼트의 전율이 온몸으로 빠르게 퍼지는 잊을 수 없는 충격을 받았다. 그녀의 손길의 온기가 남아 있는데 그녀는 벌써 고개를 숙이고는 거리 저편으로 사라져버렸다.

계단에서 바벨이 물었다.

"어때요? 오늘 가길 잘했지요. 재미있었어요?"

"그럼요. 아주 재미있었어요, 정말."

그는 기쁨에 넘친 마음으로 대답하면서 어두운 밤이라 다행이라고 생각했다. 뜨거운 피가 얼굴에 올라오는 것을 느꼈기 때문이다.

첫사랑, 참 길고 낯설었던 순간

해가 길어졌다. 날씨는 날마다 따뜻해져가고 하늘은 점점 맑아졌다. 그늘진 하수도나 뒤뜰 구석에서도 오랫동안 얼어붙었던 회색 얼음이 녹아 사라지고 맑은 오후엔 이미 이른 봄기운이 넘쳐흘렀다.

바벨은 전처럼 저녁 무렵 뒤뜰에서의 모임을 부활시켰다. 그녀는 날씨가 허용하는 한, 창고 앞에 앉아서 친구들이랑 돌봐주고 있는 여자들과 함께 얘기를 나눴다. 그러나 칼은 그곳을 멀리하며 그 소녀만을 사모하는 데 열중했다. 바이올린을 켜도 마음이 풀리지 않을 때에는 기진맥진할 때까지 아령체조를 하면서 방안을 이리저리 돌아다녔다.

금발의 젊은 하녀와는 잊을 수 없는 만남 이후로 칼은 서너 번 그녀와 거리에서 마주쳤다. 칼은 거리에서 마주친 그녀의 모습이 점점 더 사랑스럽고 매혹적으로 다가왔다. 한 번이라도 제대로 진지하게 대화라도 나눠보고 싶었지만 좀처럼 기회가 오지 않았다.

그러던 3월의 어느 일요일 오후. 칼은 볼일이 있어 잠시 외출하려다가 뜰 앞에 모여 떠드는 하녀들의 말소리가 들려 가만히 창문을 열고 무슨 소린가 싶어 바라보았다. 그곳에서 길거리 그레트와 꽃집의 마르그레트 사이에 조용히 앉아서 두 사람의 얘기를 듣고 있던 그녀를 보았다. 엷은 금발 머리의 그 소녀는 두 사람 뒤에서 발꿈치를 조금 치켜들고 두 사람을 바라보고 있었다. 그 소녀가 금발의 티네란 것을 칼은 그날 처음 알았다. 하지만 선뜻 나서지를 못했다. 티네가 앞에 있어 반갑기는 했지만 겁이 나서 선뜻 그녀 앞에 나설 수가 없었다. 그래도 칼은 용기를 내서 그녀 쪽으로 걸어갔다.

"칼이 마침내 높은 사람이 됐다고 생각했어요."

칼을 보자 마르그레트가 웃으면서 유쾌하게 말했다. 동시에 그녀의 손이 칼에게 향했다.

바벨은 마르그레트에게 약간의 경고 손짓을 했지만 칼에

게 옆자리에 앉으라고 권했다. 일행은 하던 얘기를 계속했다. 칼은 자리에 앉기가 어색해 이리저리 서성이다가 좀 더 용기를 내서 티네 옆자리에 앉았다.

"어머, 당신도 이 모임에 참가해요?"

"네. 내가 참가하면 안 된다는 법은 없잖아요. 나는 지금까지 늘 당신이 언젠가는 제게 발견될 거라고 짐작했어요. 물론 지금은 공부하시느라 모임에 좀 뜸하셨겠지만."

"아니, 공부란 그렇게 책상에서만 하는 게 아니에요. 당신이 참석하는 줄 알았으면 매일매일 나왔을 텐데."

"어머나, 그런 사탕발림은 딱 질색이에요!"

"정말이에요. 결혼식 때 즐거웠다고 하셨잖아요?"

"그땐 참 즐거웠어요."

"당신이 거기에 와 주셔서 전 너무 즐거웠습니다."

"설마요, 지금 농담하시는 거죠."

"제가 뭣 때문에 농담하겠어요? 절 놀리지 마세요."

"어머, 제가 뭣 때문에 당신을 놀리겠어요."

"저는 그날 이후 영영 당신을 못 만나게 될까봐 얼마나 걱정했는지 몰라요."

"아니, 뭐 그렇게까지. 절 못 만나면 어떻게 하려고 하셨어요?"

"당신을 못 만난다면, 거기까지는 전혀 생각해보지 않았는데요. 지금 마음 같아선 저 강물에 뛰어들었을 것 같아요."

"어머나, 그러시면 안 돼요. 이 추위에 물에 빠지시면 피부에 해로워요."

"아니, 뭐에요? 전 진심으로 한 말인데. 하하, 좋습니다. 어쨌든 아직은 제가 당신에겐 우스운 사람으로밖에 안 보이겠지요."

"아니요, 전혀 그렇지 않아요. 처녀 머리가 아찔해질 것 같은 말들만 하시잖아요. 저 오늘부터 조심해야겠어요. 안 그러면 단번에 당신 말을 믿어 버릴 것 같아요."

"아무쪼록, 좋으실 대로 생각하십시오. 저도 당신이 생각하시는 대로 행동하려고 합니다."

티네와 겨우 마음을 터놓고 얘기를 나누나 싶었는데 마침 그레트의 고함소리 때문에 두 사람의 대화가 끊어지고 말았다. 그레트는 분개할만한 일이 있었는지, 연신 고래고래 소리치며 말을 하고 있었다. 어떤 고약한 주인이 하녀를 학대해 밥도 제대로 안 줘서 병에 걸려 남몰래 죽여 버렸다며 말끝마다 '그 나쁜 놈이'를 입에 달았다. 그레트의 말이 끝나자마자 모두들 한목소리로 나쁜 주인을 비난하기에 여념이 없었다. 얘기를 듣고 있던 바벨이 이제 좀 그만하라고 하녀들에게 주의를 주었다. 티네 옆에 앉은 여자는 토론에 열중한 나머지 티네의 허리를 잡고 있었다. 칼은 그녀와 얘기하는 것을 단념할 수밖에 없었다.

두 시간쯤 지나서 마르그레트가 이제 그만 헤어지자는 신호를 보냈다. 이미 저녁이 다 됐고 날씨도 쌀쌀해져 있었다. 칼은 간단하게 작별인사를 하고 급히 사라져버렸다.

얼마 안 있어 티네가 자신의 집 근처에서 길동무와 헤어져 잠깐 혼자가 되었다. 이때를 놓치지 않고 칼이 티네 곁으로 와서 수줍은 표정을 지으며 공손히 고개를 숙였다. 예상치 못한 칼의 등장에 티네는 약간 화난 표정으로 칼을 노려보았다.

"무슨 일이죠?"

그녀가 딱딱하게 묻자 칼은 얼굴이 더욱 굳어지며 말문이 막혔다.

너무나 당황해하는 칼의 모습에 티네는 냉정한 표정을 풀며 아까와 달리 부드럽고 누그러진 목소리로 물었다.

"왜 아직까지 안 가셨어요?"

칼이 더듬거리며 횡설수설하는 말들을 그녀는 도무지 알아들을 수가 없었지만 그의 마음만은 알 수 있을 것 같았다. 소년의 진심이 소녀를 조금 감동시켜 놓았다. 칼의 순진한 태도가 조금 우스우면서도 티네는 자신이 이 사내를 어쩔 수 없게 만든 장본인이라는 데 좀 으쓱해졌다. 그래서 또래 소녀의 보호본능을 발휘하며 너그럽게 말했다.

"이렇게 아무 때나 어리석은 짓을 하면 안 돼요."

티네는 손아랫사람에게 충고하듯 부드럽게 타일렀다. 눈물을 참느라 우거지상이 돼버린 칼의 모습을 쳐다보며 티네는 마지막 말을 덧붙였다.

"다음에 또 얘기해요. 오늘은 밤도 깊어서 곧 들어가 봐야 해요. 저 때문에 그렇게 흥분하시면 안 돼요. 좋은 날 또 만나요. 자 그럼 또 다음에!"

그녀는 가볍게 인사를 하고는 곧장 사라졌다. 그녀와의 여운을 즐기려는 듯 칼은 되도록 천천히 걸었다. 거리의 어둠 사이로 밤은 점점 짙어만 갔다. 그는 어둠을 떨쳐내기라도 하려는 듯 뚜벅뚜벅 걸으며 광장을 지나 집과 담 사이로 조용히 흐르는 하천을 건너 교외의 밭으로 걸어갔다. 다시

왔던 길을 되돌려 시내로 와 대광장을 거쳐 읍사무소의 아치까지 저벅저벅 걸어왔다. 오늘따라 동네의 풍경은 전혀 본 적이 없는 낯선 풍경으로 바뀌어 있었다. 이제 분명히 그는 한 여자를 사랑하는 것이다. 분명히 칼은 자신의 사랑을 그녀에게 고백했고 그녀는 그에게 호의적이었다. 마지막 헤어질 때는 결국 '그럼 다음에!'를 약속받지 않았던가!

오랫동안 정처 없이 헤매 다녔다. 점점 더 서늘해지는 밤공기가 피부에 와 닿아 그는 바지주머니에 두 손을 넣었다. 참 길고 낯설었던 시간이었다. 칼은 자기 집 골목길로 접어들면서 한순간의 꿈에서 깨어날 때가 되었음을 느꼈다. 칼은 밤이 이슥한데도 높고 날카로운 소리로 휘파람을 불어댔다. 그 소리는 밤거리에 메아리가 되어 울리더니 미망인 쿠스테러 부인의 싸늘한 가게 뒤에 들어서서야 비로소 그쳤다.

첫사랑은 감미롭고 가슴 저민 아픈 매혹

티네는 칼과의 칼날 같은 쨍하고 날카로운 만남을 어떻게 해야 할지 고민이 깊어졌다. 티네는 이 일을 곰곰이 생각할수록 이 순진하고 순수하고 가련한 소년에게 끌리는 자신을 발견했다. 소년은 세상물정에 서툴고 남자라고 하기엔 아직 허점투성이인 청춘이었지만, 그래도 그렇게 깨끗하고 교양 있고 순수한 사내를 자신이 마음에 둘 수 있다는 데에 크나큰 기쁨을 느꼈다. 사실 소년에 비하면 그녀는 자칫 자신에게는 괴로움과 손해만 남을 그런 연애 관계는 심각하게 생각하지 않는 지혜로운 여자였다.

그렇다고 나 몰라라 하고 회신을 주지 않거나 모른 체하고 있기에는 그 순수하고 불쌍한 소년의 슬픈 표정이 떠올라 차마 그러지도 못할 노릇이었다. 결국은 세상에서 가장 좋은 누이로서 혹은 다정한 어머니로서 그가 알아듣기 쉽게 달래고 설득해서 다정다감하지만 이성적으로 그를 대해야 한다고 다짐했다. 여자는 이 나이가 되면 남자보다 좀 더 철이 들기 마련이다. 더욱이 독립해서 생활하고 있는 하녀들

첫사랑이란 결코 이루어질 수가 없는 거야. 어린 나이에는 사랑하는 상대만 보이고 아직 자기의 희망은 보이지 않으니까.

은 살아가는 데 있어서 중요한 것들이 어떤 것인지를 학생보다는 본능적으로 잘 아는 존재인 것이다. 특히 학생들이 하녀들에게 빠져 있을 때는 더욱더 그렇다.

곤경에 빠진 티네는 며칠 동안 이런 저런 고민에 푹 빠져 있었다. 어쨌든 최선의 선택은 냉정하게 거절해버리는 게 좋은 선택이라고 생각은 하면서도 쉽사리 결단은 내리지 못하고 있었다.

티네가 소년을 사랑하는 정도는 아니었지만 그만의 다정다감함과 친절함, 순수한 마음씨에 호감이 가는 것은 사실이었다.

사흘째 밤, 티네는 꽤 늦은 시간에 동네에 장보러 나가다가 우연히 칼과 마주쳤다. 티네를 보자 칼은 가만히 고개를 숙여 인사를 했다. 칼의 인사에 그녀는 어떻게 해야 할지 몰랐다. 그럴 의도는 없었는데 티네는 자신도 모르게 거리 옆에 열려 있는 문으로 내쳐 달아나버렸다. 티네의 돌발행동에 칼도 반사적으로 그녀를 쫓아갔다. 이 돌연한 상황을 지켜보았던지 마구간에선 말이 발길질을 하고, 어디선가 듣기 싫은 째지는 피리소리가 들려왔다.

"절 귀찮게 하지 마세요."

티네는 당황해서 말하고는 이내 어색한 웃음을 지었다.

"티네! 거기 좀 서 봐요."

'네, 왜 그러세요?"

"무슨 말 좀 합시다."

수줍어서 제대로 말도 못하는 소년이 자신에게 어떤 선언을 할지는 몰랐지만, 칼은 그녀도 자신을 그렇게 싫어하지는 않는 것 같다고 짐작했다.

"나, 너를 정말 좋아해."

상당히 큰 용기를 낸 듯 칼은 티네에게 '너'라고 부른 것에 소스라치게 놀라고 있었다.

꿀 먹은 벙어리마냥 그녀는 순간적으로 침묵했다. 칼의 '너'라는 말에 순간 머리는 텅 비고 하늘 위로 나비가 날아다니는 기분이 들었다. 칼은 이렇게 말해 놓고 몹시 쑥스러웠지만 그녀의 손을 꽉 잡고 말았다. 이런 칼을 나무라야 한다고 마음속으로는 지시하고 있었지만 몸은 전혀 움직여지지 않았다. 오히려 그녀는 엷은 미소를 띠며 나머지 한 손으로 가만히 칼의 머리카락을 정성스럽게 쓰다듬어 주었다.

"내가 한심한 놈으로 보여?"

"아니. 그렇지 않아."

티네가 슬며시 웃으며 다정하게 말했다.

"하지만 지금 바로 가야 해. 집에서 사람들이 기다리고 있거든. 난 소시지를 사러 나왔어."

"우리 함께 가면 안 될까?"

"그건 절대로 안 돼. 같이 있는 걸 사람들이 보면 큰일 나. 먼저 집에 들어가."

"알았어, 들어갈게. 잘 가, 안녕, 티네."

"응, 오늘은 이쯤에서 헤어져, 안녕."

아직 그녀에게 물을 것도, 부탁할 것도 많았지만 그는 이쯤에서 오늘은 헤어지기로 했다. 칼은 짧은 만남이었지만 이 시간 이후로 딱딱한 거리는 부드러운 잔디로, 어두운 밤공기는 따사로운 봄볕으로 느껴졌다. 지금 그에게 보이는 세상 모든 것들은 눈부시게 밝게만 보였다.

속 깊은 이야기를 주고받지는 않았지만 그녀에게 '너'라고 불렀고 그녀도 자신을 '너'라고 대해줬다. 무엇보다 잊을 수 없었던 순간은 그가 그녀의 손을 잡았고, 그녀는 자신의 머리를 감미롭게 쓰다듬어 주었다는 것이다. 서로의 손과 손, 마음과 마음이 닿았던 순간을 생각하면 아찔한 현기증이 일 지경이었다. 오늘 일들에 칼은 세상 모든 것을 다 얻은 듯 행복했다. 아마도 오랜 시간이 흐린 뒤에 이 밤의 열기를 돌이켜보면 감사와 행복의 감정이 눈부시게 피어날 것이다.

티네는 좀 전 칼과의 짧은 만남을 생각하니 자신이 왜 그렇게 행동했는지 도무지 이해할 수가 없었다. 그래도 오늘 밤 일로 칼이 행복하게 잘 수 있을 것을 생각하니 저절로 마음이 푸근해지는 느낌이 왔다. 점점 더 칼의 수줍어하면서도 순수한 열정이 그녀의 마음 한자리에 들어오고 있었다. 아무튼 현명한 그녀는 칼의 불타오르는 마음에 책임을 느껴, 관계가 깊어지기 전에 되도록 칼을 원래대로 되돌려놓아야 한다고 생각했다.

첫사랑은, 아무리 감미롭고 가슴 저민 신성한 어떤 것이라 해도 순간의 감정이며, 결국은 제자리로 돌아가고 마는 허무한 감정의 발로에 불과하다고 그녀는 자신의 최근 경험을 들어 깨달았다. 티네는 소년이 더 이상 감정의 소모로 정신없게 되기 전에 아름답게 해결해주고 싶었다.

사랑하는 것은 사랑받는 것보다 아름답고 소중하느니라

두 사람은 일요일의 바벨의 모임에서 겨우 만날 수 있었다. 티네는 칼에게 다정하게 인사했다. 한두 번 그에게 고개를 끄덕이며 미소를 건네기도 했다. 칼은 그녀가 조금만 웃음을 지어도 마치 세상에서 가장 귀한 보배를 얻은 것 같은 표정을 지었고, 잠시 눈짓만 줘도 뜨겁게 불타는 불꽃이 자신에게 되돌아오는 것을 느꼈다.

3일 후 티네는 이제는 칼과 확실한 매듭을 지어야겠다고 결심했다. 학교에서 하교한 후 칼은 티네의 집 근처 가로수 뒤로 숨어서 그녀가 나타나기를 기다렸다. 매번 칼의 이런 돌출행동이 그녀를 불안하게 했다. 티네는 칼을 보자 그를 집 뒤 작은 뜰로 데리고 가 목재창고에서 그와 긴밀히 얘기하고자 했다. 제재소 옆이라 그런지 창고 주변엔 대팻밥과 마른 밤나무 냄새가 코를 찔렀다. 그녀는 그곳에서 칼에게 자꾸 자신의 뒤를 쫓거나 자기를 만나기 위해 일부러 기다리지 말라고 말했다.

"칼, 우린 언제든지 바벨의 모임에서 만날 수 있어. 그리고 모임이 끝나면 같이 집에 갈 수 있잖아. 하지만 그것도 어디까지나 다른 사람과 함께 동행할 때까지만 이어야 해. 단 둘이는 곤란해. 다른 사람이 우리 둘 사이를 의심하면 더더욱 우리는 만날 수 없어. 세상 사람들은 우리가 연기라도 피웠다 치면 아예 불을 붙이려고 난리가 난다니까."

"무슨 말인지 알겠어. 결국 나는 네 애인이 아니란 소리잖아."

칼이 울먹이며 겨우 말했다. 칼의 소심한 대응에 그녀는 슬며시 웃음이 나왔다.

"아니, 우리가 언제 애인이 됐어? 너 벌써 그런 생각을 하니? 네가 한번 주위 어른들에게 여쭤봐. 물론 나도 널 좋아하고 있어. 교양 있고 순수하고 남자다운 친구지. 그런데 네가 내 애인이 되려면 우선 독립해서 경제적으로 날 책임져야 하잖아. 어디 그뿐인 줄 아니. 지금 너는 공부하는 학생인데 어떻게 날 책임지겠다고 말할 수 있니. 지금 너는 학생으로서 한 여자한테 마음이 간 것뿐이야. 물론 나도 너한테 호의를 갖고 있지. 그렇지 않다면 내가 이런 얘기를 할 리가 없잖아."

"그럼 나보고 어쩌란 말이야? 말해봐, 넌 날 남자로서 하나도 좋아하지 않는 거지?"

"잘 들어, 칼. 지금 우리에겐 그런 건 둘째 문제야. 우리는 좋은 친구로 남았으면 해. 그리고 시간을 좀 두고 기다려보자. 기다리면 우리에게 좋은 날들이 올 거야."

"정말 그럴까? 하지만 내가 꼭 말할 게 있는데…."

"무슨 말인데?'

"저—그건—그러니까—'

"머뭇거리지 말고 말해 봐!"

"아, 그러니까, 내가 원하면 언제 한번 키스해 줄 수 없을까…."

그녀는 칼의 이 말에 빨개진 그의 얼굴과 아직 어린 티가 역력한 귀여운 입술을 바라보았다. 티네는 잠깐이나마 칼의 소망을 들어주고 싶다는 충동이 일었다. 하지만 이내 그런 못된 생각을 한 자신을 꾸짖으며 빨간 머리를 좌우로 흔들었다.

"아니, 그건 또 무슨 소리야? 갑자기 키스를 하고 싶다니?"

"그냥…, 화내지 마."

"그런 건 아니고. 하지만 너무 무례하면 안 돼. 우리 나중에 다시 얘기하자. 서로를 이제 겨우 알만 하니까 당장 키스부터 하자니, 너무하지 않아. 그래도 그런 걸 장난으로 하는 건 아니야. 칼, 힘내고, 우리 일요일에 또 보자. 그땐 네가 바이올린을 가져와서 근사하게 한 곡 켜줘."

"응, 꼭 가져갈게."

티네는 칼을 보냈다. 사라져가는 칼의 뒷모습을 물끄러미 바라보며 그녀는 정리되지 않은 생각에 다시 한 번 머리카락을 쓰다듬었다. 진실한 소년이었다. 자신도 정말 진심으로 그에게 다가가야겠다고 생각했다. 티네의 훈계는 칼에겐 쓰디쓴 약이었지만, 칼은 그 약을 잘 받아먹었다. 물론 약효도 즉시 나타났다. 티네는 사랑이 이런 충고와 약속만은 아닐 거라고 생각했다. 그래서 처음엔 꽤 실망도 많았지만 차츰 칼을 대하면서 받는 것보다 주는 사랑이 얼마나 행복한 것인지를 서서히 깨닫게 되었다. 사랑하는 것은 사랑을 받는 것보다 아름답고 소중한 일이라는 진리를 몸소 깨닫게 되었다.

칼은 자기의 사랑을 숨길 것도 부끄러워할 것도 없었다. 그녀가 어떤 보상을 해주지는 않았어도 적어도 자신의 사모하는 마음만은 인정해주었다는 것이 그에겐 너무나 즐겁고 행복한 일이었다. 사랑은 지금까지의 자신의 보잘것없는 생활을 한층 심오하고 이상적인 감정의 세계로 안내하고 있었다.

티네의 부탁 이후 칼은 언제나 하녀들의 모임에 바이올린을 들고 나타났다. 그리곤 자신이 애써 연습한 연주곡을 두서너 곡 연주해 주었다.

"너만을 위한 연주였어, 티네."

연주가 끝나면 그는 어김없이 이렇게 말하곤 했다.

"이것 말고는 내가 너에게 줄 수 있는 것도, 해줄 수 있는 일도 없어."

첫사랑은 결코 이루어질 수 없는 것

어느새 칼에게 잊지 못할 사랑의 열병으로 기억될 진한 겨울이 가고 따스한 바람이 옷깃에 와 닿는 봄이 다가왔다. 그리고 따사로운 봄을 채 느낄 새도 없이 어느새 봄이 깊어졌다. 엷은 녹색으로 가득 찬 목장엔 성화(역주: 마스터—별 모양의 꽃)가 지천으로 피어났고, 먼 산은 짙은 푸른색으로 물들었다. 나뭇가지에는 물기를 머금은 새순이 올랐고, 대지는 온통 엷은 햇빛이 베일처럼 뒤덮어 보이는 것은 온통 초록 세상이었다.

봄의 화신으로 대지가 온통 녹색으로 물들어진 계곡 위로 맑게 개인 하늘이 유난히 빛났던 어느 일요일. 티네는 봄볕도 즐길 겸 친한 친구 한명과 가볍게 산책을 나섰다. 오늘은 마음먹은 대로 친구와 함께 한 시간 정도 앰마누엘스부르그를 돌아보고 올 생각이었다. 그곳은 티네만의 숲속 비밀의 화원이었다. 그런데 시내를 거의 다 지나쳐 맨 끝 집에 이를 때쯤 그 집 정원에서 갑자기 흥겨운 연주소리가 들렸다. 정원 앞 잔디밭에서는 사람들이 슐라이퍼(역주: Schleifer, 왈츠보다 느린 3/4 또는 3/8박자의 춤곡)를 추고 있었다. 두 사람은 춤의 유혹에 굴하지 않고 목적지로 향하고자 했지만 발걸음이 늦어지는 것은 어쩔 수 없었다. 이윽고 그들은 걸음을 멈추고 길과 나란히 선 목장 울타리에 기대어 서서 귀를 기울였다. 이미 춤의 유혹은 넘겼다고 생각했지만 재미있고 힘찬 음악의 힘이 두 사람을 더 머물게 했다. 결국 둘은 발걸음을 소리 나는 쪽으로 돌리고 말았다.

"앰마누엘스부르그의 비밀화원이 없어지는 건 아니잖아."

친구가 말했다. 그들은 두 눈을 질끈 감고 소리 나는 정원으로 들어갔다. 정원에는 윤기나는 갈색 밤나무의 새싹이 물기 머금은 새순을 내밀고 뻗어 있었고 초록빛 나뭇잎 사이로 봄 하늘이 한결 푸르게 미소 짓고 있었다. 한가한 나른함을 물씬 머금은 오후였다. 그리고 집으로 돌아올 무렵에는 티네는 인상 좋고 늠름한 한 청년과 함께 걸어오고 있었다.

봄꽃처럼 청초하고 현명한 티네는 자신이 원했던 좋은 상대를 만났던 것이다. 청년은 견습목공이었는데 기술을 쌓아 실력을 인정받으면 머지않아 도편수(역주: 대목공)도 될 수 있을 청년이었다. 그가 그렇게만 될 수 있다면 티네도 그 사람과 결혼도 할 수 있었다. 청년은 처녀 앞에서 수줍어하며 더듬더듬 자신이 살아온 얘기를 들려주었다. 그러나 자신의 장래에 대해 말할 때는 말투부터가 한층 똑똑하고 자신만만했다. 적잖은 대화를 나누면서 티네는 청년이 이미 서너 번 그녀를 보고 호감을 갖고 있었다는 걸 알게 되었다. 청년은 단도직입적으로 일시적인 연애는 원하지 않는다고 말했다. 티네는 칼과의 서투른 만남 때와는 달리 적극적으로 그를 대했다. 일주일 동안 날마다 그와 만났다. 만날수록 그에게 호감이 갔다. 자연스럽게 두 사람은 서로에게 필요한 얘기들을 하게 되었다. 결국 두 사람의 이해가 맞고 조건이 성사되자 그들은 친지들에게 약혼소식을 알렸다.

처음 얼마간 두 사람이 정신없이 오간 꿈같은 시간이 지나자, 티네는 혼자만의 즐거운 사색의 시간을 가질 수 있었다. 이때만큼은 그녀는 모든 것을 자신의 행복만을 위해 생각했다. 꼭 필요한 자기만의 사색의 공간엔 자기 외에는 아무 것도 생각하지 않았다. 그래서 가련한 학생 칼 바우어의 순정마저 까마득히 잊어버리고 말았다. 그런데도 칼은 아무런 희망도 없는 티네와의 꿈같은 만남만 기다리고 있었다.

불현듯 칼의 기억이 떠오르자 티네는 어쩔 수 없이 칼에 대한 연민의 감정이 치솟아 자신의 약혼 사실을 당분간 칼에겐 숨기기로 했다. 하지만 좀 더 생각해보니 그렇게 하는 것이 두 사람 모두에게 그리 좋은 선택은 아니라는 결론을 내렸다. 아무리 생각해봐도 그렇게 했다가는 일이 더욱 어려워질 것 같았다. 그녀는 칼이 자신을 나쁘게 생각하는 것이 싫었다. 그때만큼은 티네와 칼의 사랑은 행복하고 소중한 감정의 순간이었다. 칼이 자신의 약혼소식에 지금까지의 사랑의 감정이 배신당했다는 느낌을 갖게 하고 싶지는 않았다. 그 소년의 사랑의 배신감은 소년에게 쓰라린 상처를 안겨 줄 거라는 생각에 이르자 소년의 일이 이렇게 어렵고 까다롭게 자신의 한 구석을 차지하게 될 줄은 전혀 예상치 못했던 일이었다.

생각다 못해 티네는 바벨을 찾아갔다. 물론 바벨은 두 사람의 사랑을 판정할만한 적합한 인물은 아니었다. 그래도 그녀만큼 칼을 귀여워하고 돌봐주는 어른이 없었으므로 자신이 다소 꾸지람을 듣더라도 바벨에게 털어놓는 게 최선이라고 판단했다. 그래야만 고민에 싸인 소년에게 의지할 곳을 만들어 줄 수 있을 것 같았다.

예상했던 대로 티네는 바벨에게 꾸지람을 들었다. 한동안 심각하게 티네의 이야기를 듣더니 바벨은 티네의 예상보다 더 큰 실망감을 토로했다.

“누구 듣기 좋으라고 그런 소리를 지껄여대는 거야.”

그녀는 티네에게 큰소리로 윽박질렀다

“넌 알만한 어른이 어린애를 가지고 논 거야. 그 순진한 바우어를 말이야. 그렇지 않니?”

"제가 욕먹어도 할 말이 없어요, 바벨. 지금 와서 아무리 변명을 해도 소용없겠죠. 제가 뭣 때문에 이렇게 얘기를 털어놓겠어요. 나로선 정말 어떻게 할 수가 없는 문제예요."

"글쎄? 그건 그렇고, 이제부터 뒤치다꺼리를 누구한테 시킬 작정이지? 아마 나겠지? 어쨌든 제일 상처받는 건 칼이야."

"물론 그가 불쌍해요. 그와 만나서 모든 것을 얘기할 거예요. 다만 당신이 알고 있으면 칼이 힘들어할 때 그를 위로해 줄 수 있을 거라 생각했어요. 그렇게 해주지 않겠어요?"

"지금 와선 그래야지 어쩌겠니. 자기도 이런 바보 같은 짓을 했으니 이젠 정신을 차리겠지. 아무튼 네가 만나서 칼에게 상처받지 않도록 잘 얘기해 줘."

결국 오늘 안으로 바벨의 집 뜰에서 만나도록 바벨이 주선해 주기로 했다.

저녁때였다. 좁다란 뜰 위로 비친 하늘은 엷은 금빛 노을이 지나가고 있었다. 그러나 뜰의 한쪽 구석은 노을빛이 비치지 않는 캄캄한 공간이어서 젊은 두 사람이 얘기를 나누어도 누가 있는지 도무지 알 수가 없었다.

"잠깐 얘기 좀 할까, 칼."

티네가 침묵을 깨고 입을 열었다.

"이제 우리는 헤어져야 할 때가 된 것 같아. 무슨 일이든 결말은 있어야 하잖아."

"아니, 뭣 땜에 지금 그런 말을 하는 거야. 무슨 일 있어?"

"나 약혼했어."

"약혼…."

"화내지 말고 들어 칼. 먼저 내 얘기부터 할게. 너, 나를 좋아하지? 그래서 나는 너한테 이 얘기를 하기가 어려웠어. 전에 내가 그랬지. 마음에 든다고 그 사람이 애인이라고 생각하는 건 잘못이라고."

칼은 애꿎은 발만 톡톡 찰 뿐 아무런 말이 없었다.

"그러지 않았어?"

"응, 네가 그런 말을 했지."

"그래서 우리들은 헤어져야 하는 거야. 너무 우리 일만 생각하지 마. 여자가 나만 있는 건 아니잖아. 그리고 나 같은 여자는 너한테 어울리지도 않아. 넌 앞으로 공부를 해서 촉망받는 신사가 되고 능력 있는 의사가 될 거잖아."

"제발 그만, 티네. 그런 말 하지 마!"

"현실을 인정하자. 사실이 그렇잖아. 그리고 아직 얘기할

게 더 있어. 첫사랑이란 결코 이루어질 수가 없는 거야. 어린 나이에는 사랑하는 상대만 보이고 아직 자기의 희망은 보이지 않으니까. 그래서 첫사랑은 좀처럼 이루어질 수가 없는 거야. 뭐랄까, 무모하고 비현실적이고 신기루 같은 거랄까. 그래서 사람들은 세월이 지나면 사물을 보는 눈이 성장해서 더 나은 선택을 하게 된다고 하잖아."

칼은 마음속에서 우러나오는 이런저런 말들을 마구 퍼부어대고 싶었지만 가슴이 먹먹해지면서 아무런 말도 할 수가 없었다.

"너, 나한테 하고 싶은 말이라도 있는 거야?"

티네가 물었다.

"너, 너는 아무 것도 몰라—"

"무슨 소리야, 칼?"

"아니, 아니야. 티네, 이제 나는 뭘 어떡해야 하지?"

"그냥 그대로 가만히 있어. 그렇게 오랜 시간이 걸리진 않을 거야. 세월이 흐르면 아마 오늘 일이 차라리 잘됐다고 알게 될 때가 올 거야."

"네 얘기는, 정말 네 얘기는—"

"나는 순리를 말하고 있을 뿐이야. 그래도 너한텐 정말 미안해. 칼, 이렇게밖에 못하는 내가 정말 미안해."

"미안하다고? 아니 네 말이 다 맞아. 그래도 어떻게 이렇게 갑자기 모든 것을 없었던 일로 할 수가 있는 거야, 모든 것을…."

칼은 끝내 말을 잇지 못했다. 그녀는 울먹이는 칼의 어깨 위에 가만히 손을 얹고 그가 울음을 그칠 때까지 기다려주었다.

"칼, 제발 내 말을 듣겠다고 나와 약속해 줘."

"아니 난 이해할 수가 없어. 그냥 죽고 싶은 마음뿐이야. 이럴 바엔 차라리 죽어버리는 게 낫지, 이게 뭐라고…."

"칼, 그렇게 좌절하지 마. 언젠가 나한테 키스를 받고 싶다고 말했지?— 기억나?"

"기억해."

"그럼, 좋아. 오늘 키스해 줄게. 어때?"

칼은 고개를 끄덕이며 쑥스러운 듯 그녀를 제대로 쳐다보지 못했다. 그녀는 천천히 칼에게 다가가 그의 얼굴을 손으로 껴안으며 가만히 그의 입에 자신의 입을 맞추었다. 세상에서 가장 고요하고 청순한 키스였다. 그리고는 가만히 칼의 손을 잡고 힘주어 토닥거려 주었다. 칼에게 용기를 북돋아주었다고 생각한 티네는 누가 볼 새라 재빨리 문을 빠져 나가 집 현관으로 들어가더니 자취를 감추어버렸다.

칼은 티네의 발걸음이 가게 뒤를 지나 거리로 사라지는 소리를 똑똑히 들을 수 있었다. 그녀가 집에서 나가 큰길로 빠지는 걸음걸음도 칼에겐 선명히 들려오는 듯했다. 꿈결처럼 아득히 멀어져가는 티네의 발자국 소리와 함께 처음 그녀를 만났을 때의 그 거리가 환상처럼 선명히 떠올려졌다.

지난 겨울, 골목길에서 어여쁜 금발의 하녀한테 뺨을 얻어맞은 저녁나절의 일이 마치 어제일 마냥 또렷이 기억났다. 그리곤 문 앞 어두운 곳에서 그녀가 손으로 머리를 쓰다듬어 주던 이른 봄 저녁의 일도 떠올랐다. 그때는 세상이 갑자기 변해서 낯선 거리마저 황홀할 만큼 아름다웠었다. 전에 바이올린으로 켜던 멜로디가 생각났다. 맥주와 과자는 참 어울리지 않는다는 생각이 잠깐 떠올랐으나 그 생각을 계속할 수가 없었다. 애인을 잃고 배반당하고 버림을 받았으니까. 물론 오늘 그녀는 그에게 처음이자 마지막일지도 모를 순결한 입맞춤을 해주었다. 그 깊고도 순수한 첫키스의 숭고함을…. 오 티네!

젊은 칼은 사랑의 나라를 울타리 너머로 잠깐 엿보았을

뿐이었다. 그러나 그것만으로도 칼은 여인의 사랑이라는 위안이 없는 생활은 참담하고 허무한 것일 뿐이라고 생각하게 되었다. 이젠 공허하고 우수에 찬 나날을 보낼 뿐이었다.

사랑, 살아간다는 것의 깊은 슬픔의 무게

커다란 사랑의 강물에 빠져 허우적거리던 칼은 조금씩 예전 모습을 되찾으며 차츰 쾌활한 성격으로 돌아왔다. 그러나 티네가 편지를 통해 바벨에게 줄곧 자신의 안부를 확인하고 있을 줄은 몰랐다. 큰 병을 앓고 나면 부쩍 성장한다는 말마따나 이젠 그도 제법 남자답고 점잖아지면서 말수도 줄어들었다. 낙제점에 가까웠던 그의 학교 성적도 차츰 회복돼 가면서 1년 전의 학생생활로 되돌아왔다. 그래도 사랑의 여파는 남았는지 티네를 생각나게 하는 2층방에서의 도마뱀 수집과 새 기르기만은 일절 끊어버리게 됐다.

교실에서는 졸업시험에 합격한 상급생들이 떠들어대는 대학생활에 대한 즐거운 상상이 그를 유혹했다. 그도 1년만 지나면 그 낙원에 한층 가까워질 수 있다는 데에 일상이 꽉 찬 보람으로 다가왔다. 대학의 문에 한층 더 다가서는 여름 방학이 빨리 왔으면 하는 마음마저 일었다. 그렇게 학업에 열중하면서 티네에 대해 별 생각이 없었는데, 바벨에게서 그녀가 이 거리를 떠났다는 얘기를 듣게 되었다. 아직도 그녀를 향한 그리움은 언뜻 언뜻 심장을 아프게 조여 왔지만 차츰 상처가 아물어가고 있는 것도 사실이었다.

그 이상 아무 일이 없었다 해도 칼은 자기의 첫사랑을 감사한 마음으로 회상하며 언제까지나 잊을 수 없었을 것이다. 그러나 거기에 또 한 가지 조그마한 사건이 첨가되어 이 일은 한결 잊을 수 없는 기억이 되고 말았다.

여름방학이 일주일 앞으로 다가오자 칼은 방학을 기다리는 즐거움으로 가득 차 티네의 존재는 까맣게 잊고 있었다. 그저 즐거운 방학을 고대하며 무더운 여름 거리를 이리저리 쏘다니는 게 칼의 즐거운 일상이었다.

그러던 어느 날 오후, 수업을 마치고 집으로 돌아오다 소금거리에서 우연히 티네를 만났을 때 칼은 어찌해야 할 바를 몰랐다. 겨우 두 계절이 지났을 뿐인데 그녀를 까맣게 잊고 지내다 불현듯이 그녀를 보자 어떻게 해야 좋을지 당황했기 때문이었다. 칼은 가까이 다가오는 그녀를 보자 그 자리에 딱 멈춰서 몇 분간 아무 말도 없다가 겨우 손을 내밀며 인사를 했다.

"요즘 어떻게 지냈어요, 티네?'

그는 고개마저 들지 못하고 겨우 물었다. 「너」라고 할지 「당신」이라고 할지 호칭부터가 망설여졌다.

"아, 네, 칼, 전 별로 좋지 않네요."

그녀가 불편한 마음을 감추려 더듬거리며 대답했다.

"오랜만인데, 우리 잠깐 바람이라도 쐬지 않겠어요?"

그는 오던 길을 되돌려 그녀와 어깨를 나란히 하고 천천히 거리를 걸었다. 불과 몇 개월 전만 해도 함께 걷는 게 들킬까봐 그녀가 불안해하며 걷던 일이 생각났다. 하지만 지금은 그녀는 결혼할 사람이 있는 정혼녀였다. 칼은 아무 말 없이 걸어가는 티네가 마음에 걸려서 어색한 침묵이라도 깨볼 양 약혼자의 안부를 물었다. 그녀는 칼의 안부에 움찔하며 다소 신경 쓰인다는 반응을 보였다. 그녀가 멈칫하며 자신을 조심스럽게 대하는 것을 보자 마음이 아팠다.

"아무 말도 못 들으셨나 봐요."

그녀가 힘없는 목소리로 조용히 말했다.

"병원에 입원하고 있어요. 좀 많이 좋지 않아요."

"어디가 많이 아프신가요?"

"새로 짓는 집에서 떨어져 어제부터 의식이 없어요."

티네의 이 한마디에 둘은 더더욱 말을 할 수 없는 분위기에 휩싸였다. 칼은 이쯤에서 적당한 위로의 말을 해야 한다고 생각은 하면서도 마땅히 적당한 위로가 떠오르지 않았다. 그냥 지금처럼 어깨를 나란히 하며 말없이 걷기만 하는 게 그녀를 편안하게 해주는 것이라는 생각마저 들었다. 자신이 그녀를 동정해야만 하는 이 상황이 비현실적인 꿈처럼 여겨졌다.

"지금 어디로 가는 길이세요?'

이윽고 그가 물었다. 침묵을 견딜 수 없었기 때문이었다.

"그이한테 가봐야지요. 점심때는 상태가 좋지 않다고 나를 만나 주지도 않았어요."

그렇게 별 말 없이 걷다 보니 어느새 그는 병원까지 따라갔다. 높은 나무와 울타리로 둘러싸인 정원 한가운데 자리 잡은 큼직하고 조용한 병원이었다. 그는 한때 사모했던 여자의 약혼자를 병상에서 만난다는 생각에 약간 긴장되었다. 그녀와 함께 계단을 올라 깨끗한 현관을 지나서 안으로 들어갔다. 소독약 냄새가 코를 찌르는 병원 안 공기에 그의 가슴이 답답해졌다.

낯선 번호가 새겨진 병실 문 앞에 이르자 티네가 안으로 들어갔다. 칼은 가만히 복도에서 기다렸다. 장래의 직장이 될지도 모르는 곳이지만, 그가 병실에 온 것은 처음이었다. 엷은 쥐색으로 칠해져 있는 그 문들 뒤에는 저마다의 공포와 근심으로 고통받고 있는 병자들이 있다는 생각을 하자 그는 더럭 겁이 나서 티네가 다시 나올 때까지 꼼짝하지 못했다.

"점심때보다 많이 나아졌다고 하네요. 아마 오늘 안으로 의식을 회복하게 될 것 같아요. 그럼 잘 가세요, 칼. 나는 여기 있어야 해요. 같이 걸어와 주셔서 정말 고마웠어요."

그녀는 조용히 약혼자가 누워 있는 병상으로 들어가며 문을 닫았다. 칼은 병실 문에 붙은 17이란 숫자를 몇 번이고 되새겨 읽어 보았다. 말로 표현하기 어려운 이상한 기분이 들며 그는 어쩔 수 없이 발걸음을 재촉해 병원 건물을 빠져나왔다. 어느새 이전의 들뜬 기분은 사라져버렸다. 한창 때 느꼈던 사랑의 고뇌와는 다른 느낌의 고뇌가 밀려왔다. 이 고뇌는 사랑할 때의 감정보다는 한결 넓고 큰 감정과 번민의 깊은 울림으로 다가왔다. 한때 사모하던 여인과의 만남으로 뜻밖에 눈앞에서 바라보게 된 이 불행에 비하면 자기의 괴로움은 아주 사소하고도 보잘것없는 것이었다. 칼은 살아간다는 것의 깊은 슬픔의 무게에 비해 자신의 조그마한 운명쯤은 흔하고 가혹한 것이 아니란 사실을 갑자기 깨달았다. 행복해 보이던 사람들도 운명의 손을 벗어날 수 없지 않았는가.

칼은 병실 앞 복도에 우두커니 서서 진심으로 티네에게 이별을 고했다. 쿠스테러 상점의 뜰에서와는 또 다른, 한결 아름다운 이별이었다. 지금까지 그는 그녀의 손만 몇 번 쥐었을 뿐이었다. 그는 자신에게 진심으로 사랑을 가르쳐 줬던 그녀에게 말없이 감사의 인사를 보냈다. 한참을 병원 앞 거리에 서서 눈물을 글썽거리며 고개를 끄덕였다. 칼은 한 사람의 인간으로서 진심으로 그녀의 행복을 빌었다. 그리고 자기도 언젠가 이 가련한 여자와 그 약혼자처럼 거룩한 사랑을 주고받고 싶다고 생각했다.

네 번째 회상

프리드리히 막스 뮐러

《독일인의 사랑》은 프리드리히 막스 뮐러가 1856년에 쓴 생애 처음이자 마지막 소설로, 병으로 짧은 인생을 살다간 연인 마리아를 향한 주인공의 지고지순한 사랑을 그린 작품이다. 주인공인 '나'가 병약하게 태어나 평생을 병상에서 지내야 하는 '마리아'라는 여인을 만나 사랑하게 되는 지극히 단순한 이 한편의 소설을 통해 작가는 남녀 주인공에게서 드러나는 사랑에 대한 성찰을 그리고 있다. 곧 죽음을 맞을 자신으로 인해 고통 받을 '나'를 위해 '마리아'는 이별을 결심한다. "오늘이 이 세상에서 우리가 만나는 마지막 날"이라고 말하는 그녀에게 '나'는 죽든 살든 "일생 동안 너를 나의 품에 안고 가겠다."며 무릎을 꿇고 영원한 사랑을 맹세한다. 연인에 대한 애틋한 감정을 넘어서 타인을 향한, 더 나아가서는 삶 전체를 아우를 수 있는 사랑. 그것이 진정한 의미의 사랑인 것이다.

Friedrich Max Müller

나는 함께 걷는 내내 한마디도 하지 못했던 것으로 기억한다. 소녀도 아무 말이 없었던 것 같다. 그런데도 나는 참으로 행복했고, 오랜 세월이 지난 지금도 그 순간을 생각하면 다시 한 번 그때로 돌아가 '아름다운 소녀'와 손을 잡고 행복한 마음으로 말없이 걸었으면 하는 생각이 든다.

어여쁜 꽃씨 하나 그리울 때

누구의 인생이든 어느 한 시기에는 어딘지 모르는 먼지 날리는 한적한 포플러 길을 걷고 또 걷을 때가 있기 마련이다. 그 시기를 회상하면 남는 것이라고는 그저 계속 걸어왔고 나이가 들었다는 서글픈 생각뿐이다.

인생의 강이 흐르는 한 그것은 늘 같은 강이고 변하는 것은 오직 강변의 경치뿐인 것 같다. 그러나 이내 인생의 폭포가 닥친다. 그것은 늘 기억에 오래 남아, 우리가 폭포를 지나 멀리 고요한 대양에 다다랐을 때에도 폭포수의 굉음이 귓전을 울리는 듯하다. 뿐만 아니라 우리에게 아직 남아 있고 우리를 계속 전진시키는 생명의 힘이 그 폭포에서 원기와 양분을 얻는 것처럼 느껴진다.

학창 시절은 이미 끝났고 대학 초년생의 들뜬 시기도 지나갔다. 그리고 아름다운 인생의 수많은 꿈도 함께 지나갔다. 그러나 신과 인간에 대한 믿음만은 남았다.

인생은 나의 작은 머리로 상상했던 것과는 사뭇 달랐다. 하지만 인생에서 나는 귀중한 영감을 얻었다. 인생에서 겪는 이해할 수 없는 일과 비통한 일은 내게 신의 존재를 증명해 준다.

'아무리 작은 일일지라도 내게 일어나는 모든 일은 신의 뜻이다.'

이것이 내가 지금까지 살면서 얻은 인생의 교훈이다.

나는 여름방학이면 고향 마을로 돌아왔다.

재회란 얼마나 기쁜 일인가!

아무도 증명한 적은 없지만 재회, 재발견, 회상은 거의 모든 기쁨과 만족의 비결이다. 처음 보거나 듣거나 맛보는 일은 아름답고 위대하고 즐거울 수 있다. 하지만 그것은 너무 새로워 우리를 놀라게 할 뿐 편안함이 없고 만족하는 데 드는 노력이 만족 자체보다 더 크다.

그러나 예전에 들었던, 멜로디조차 잘 기억나지 않는 음악을 오랜만에 들을 때 잊었던 옛 친구를 다시 만난 느낌이 든다거나, 오랜만에 드레스덴의 성모상 앞에 섰을 때 아기 예수의 무한한 시선에서 예전의 감흥을 다시 되찾는다거나, 학창 시절 이후로는 신경도 쓰지 않던 꽃향기를 맡고 그때의 음식을 다시 맛볼 때, 우리는 진심으로 즐거워한다. 그래서 지금의 삶이 즐거운 것인지 낡은 회상이 즐거운 것인지 구별하기 어렵다.

오랜만에 고향에 오는 사람의 영혼은 자기도 모르는 사이에 회상의 바다를 헤엄치게 되고, 밀려오는 파도는 꿈꾸는 자를 머나먼 과거의 해안으로 띄워 보낸다.

아름다운 소녀

탑에서 종소리가 들리면 문득 학교에 지각이라도 한 것처럼 초조해졌다가, 다음 순간 학교에 갈 필요가 없음을 깨닫고는 안도의 한숨을 내쉬며 기뻐하게 된다.

개 한 마리가 길을 건너 달려갔다. 옛날에 사람들이 무서워하며 피하던 바로 그 개였다. 예전부터 이곳에서 장사를 하던 아주머니가 옛날 그 자리에 앉아 있었다. 아주머니가 파는 사과는 우리들의 마음을 꽤나 유혹했었다. 그렇기 때

문에 먼지가 뽀얗게 앉은 지금의 사과도 세상 어느 사과보다 맛있어 보인다.

저쪽에 있던 낡은 집이 헐리고 새 집이 섰다. 그 집은 늙은 음악 선생님이 살던 집이었다. 음악 선생님은 이미 저세상 사람이 되었다. 그러나 여름날 저녁, 그 집 창 밑에 서서 우리의 성실한 음악 선생님이 하루 일과를 마치고 자기만을 위해 연주하는 즉흥곡을 남몰래 엿듣는 일은 얼마나 즐거웠던가. 그 음악은 마치 하루 종일 닫혀 있던 증기 기관이 이제는 쓸모없어진 증기를 시원하게 토해내는 것 같았다.

그리고 좁다란(옛날에는 꽤 웅장해 보였지만) 나무 터널에 이

르렀다. 어느 날 저녁 늦게 집으로 돌아오는 길에 나는 이곳에서 어여쁜 이웃 소녀를 만났다.

당시에 나는 그 소녀를 만난다거나 말을 건네는 건 감히 상상도 못하고 있었다. 하지만 우리 남학생들은 학교에서 그 애에 대해 자주 얘기했고 우리끼리는 그 애를 '아름다운 소녀'라고 불렀다. 그 애가 저만큼에서 오는 걸 보기만 해도 내 가슴이 부풀어 올랐으니 하물며 옆으로 가까이 가는 건 생각조차 할 수 없었다.

그러던 어느 날 늦은 저녁에 묘지로 이어지는 좁다란 나무 터널에서 그 소녀를 마주친 것이다. 한 번도 말을 나눈 적이 없는 사이인데도 소녀는 내 팔을 잡으며 같이 가자고 하는 것이었다.

나는 함께 걷는 내내 한마디도 하지 못했던 것으로 기억한다. 소녀도 아무 말이 없었던 것 같다. 그런데도 나는 참으로 행복했고, 오랜 세월이 지난 지금도 그 순간을 생각하면 다시 한 번 그때로 돌아가 '아름다운 소녀'와 손을 잡고 행복한 마음으로 말없이 걸었으면 하는 생각이 든다.

회상은 꼬리에 꼬리를 물고 이어져 급기야는 회상의 파도에 머리까지 잠기고 가슴은 긴 한숨을 토해내 이제까지 생각에 잠겨 숨 쉬는 것조차 잊었음을 깨닫게 된다. 그리고 회상의 세계는 새벽닭 울음소리에 놀라 물러나는 어둠처럼 홀연히 자취를 감추고 만다.

나는 오래된 성과 보리수를 지나며 말 탄 보초병과 높은 계단을 건너다보았다. 마음속에 여러 회상들이 떠올랐다. 참 많은 것들이 변했구나!

성을 드나들지 않은 지 벌써 여러 해였다. 후작 부인은 이미 세상을 떠났고, 후작은 나와 함께 놀던 맏아들에게 통치권을 물려주고 이탈리아로 갔다. 새 영주의 주변에는 주로 젊은 귀족이나 장교 들이 있었고 영주 역시 이들과의 교제를 즐겼으므로 나 같은 옛 친구들과는 자연스럽게 멀어졌다. 이런 이유 말고도 우리 둘 사이를 방해하는 것이 있었다.

독일 국민의 궁핍과 독일 정부의 부정에 눈을 뜨게 된 여느 젊은이들과 마찬가지로 나 역시 자유당의 구호에 익숙해졌고, 왕정에 대한 이런 비판들은 공경 받아 마땅한 존귀한 집안에서는 천박한 언행으로 통했던 것이다.

아무튼 나는 오랫동안 성의 높은 계단을 오르지 않았다. 그러나 그 성안에는 내가 거의 날마다 이름을 불러보고 그리워했던 마음 깊이 남아 있는 한 사람이 살고 있었다. 나는 이미 오래전부터 이 세상에서 그녀를 다시 만날 수는 없을 거라 생각하고 있었다. 게다가 내 마음속에서 그녀는 현실적인 존재가 아니며 현실적인 존재일 수 없을 만큼 크게 성장했다.

그녀는 나의 수호천사였고 언제나 나와 이야기를 나누고 의논 상대가 되어 주는 또 다른 자아였다. 그녀가 어떻게 내게 그런 존재가 되었는지 설명할 수는 없다. 왜냐하면 나는 그녀에 대해 아는 것이 거의 없기 때문이다. 하늘에 떠 있는 구름을 여러 가지 모양으로 상상하는 것처럼 나의 공상이 소년기 하늘에 희미한 환상을 불러일으켜 현실에서 본 희미한 밑그림에 뚜렷한 초상화를 그렸을 것이다.

내가 무엇을 생각하는지 나도 모르는 사이에 그녀와의 관계는 대화 형식으로 바뀌었다. 내가 좋아하는 것, 내가 추구하는 목표, 내가 믿는 것, 보다 나은 자아 등 모든 것이 그녀의 것이었고 내가 그녀에게 바친 것이며 그녀가 내게 말한 것이었다. 또한 수호천사의 입에서 나온 것이었다.

한 영혼을 갈망하는 또 하나의 영혼

고향으로 내려온 지 얼마 되지 않은 어느 날 아침, 나는 편지 한 통을 받았다. 후작의 딸 마리아한테서 온 영문 편지였다.

> 친애하는 친구에게.
> 당신이 잠시나마 우리와 함께 지낼 수 있게 되었다는 소식을 들었습니다. 우리가 못 만난 지도 여러 해가 되었군요. 괜찮으시다면 옛 친구인 당신을 만나보고 싶습니다. 오늘 오후 '스위스 별채'에서 혼자 기다리고 있겠습니다.
> 그럼 안녕히.
> 마리아.

나는 즉시 영문으로 답장을 썼다. 오후에 찾아뵙겠노라고. '스위스 별채'는 성 가장자리에 놓인 건물로 정원과 바로 연결되어 앞마당을 통하지 않고도 들어갈 수 있었다.

다섯 시경 나는 정원을 지나 스위스 별채로 가면서 모든 감정을 억누르려 애썼고 신분에 맞게 예의를 갖추기로 마음을 다잡았다.

우선 내 안의 수호천사를 진정시키며 내가 만나러 가는 그녀와 수호천사가 아무런 상관이 없음을 명심하려 애썼다. 그러나 여간해서 마음은 진정되지 않았고 수호천사조차 내게 용기를 북돋아주지 않았다.

인생은 어차피 가면무도회라고 중얼거리며 나는 용기를 내어 반쯤 열린 문을 두드렸다.

방에는 아무도 없었다. 잠시 후 한 낯선 부인이 와서 백작 아가씨가 곧 도착할 거라고 영어로 전해 주었다. 낯선 부인이 그 말만 전하고 금세 자리를 비운 덕에 나는 혼자서 마음 놓고 주위를 둘러볼 수 있었다.

떡갈나무 목재로 된 바깥벽에 격자 울타리가 빙 둘러 있고 그 위로 담쟁이가 타고 올라 넓은 잎으로 방을 온통 뒤덮었다. 떡갈나무로 만들어진 의자와 탁자에도 아름다운 무늬가 새겨져 있었다. 바닥도 나무 마루였다. 방 안에 눈에 익은 물건들이 많아 기분이 좀 묘했다.

대부분 어렸을 때 가지고 놀던 장난감들이었고 그 외에 새로운 물건들, 구체적으로 말해 초상화들도 대학 기숙사에 걸려 있는 그림과 같은 것이었다.

피아노 위에 걸린 베토벤, 헨델, 멘델스존의 초상화는 내가 직접 골라 내 방에 걸어 둔 것과 똑같았다. 고대의 입상 중 내가 가장 아름답다고 생각하는 바로 그 〈밀로의 비너스〉가 구석에 세워져 있었다.

책상에는 단테 전집, 셰익스피어 전집, 타울러의 설교집 《독일 신학》, 리케르트의 시집, 테니슨과 번스의 시집, 그리고 칼라일의 《과거와 현재》 등 전부 내 서재에 있는 것과 동일한 책들로 얼마 전에도 내가 손에 들고 읽었던 작품들이었다.

나는 깊은 상념에 빠져들다 이내 생각을 털어내고 돌아가신 후작 부인의 초상화 앞에 섰다. 그때 문이 열리더니 어릴 때부터 자주 보았던 두 남자가 침대에 누운 마리아를 방으로 옮겼다. 아, 그 모습이란!

그녀는 아무 말도 없었고 그녀의 얼굴은 호수같이 잔잔했다. 두 남자가 방에서 나가자 그녀는 내 쪽으로 시선을 돌렸다. 옛날과 조금도 다름없는 신비로운 눈이었다. 그녀의 얼굴에 서서히 생기가 돌았고 이윽고 얼굴 가득 웃음을 띠며 입을 열었다.

"우리는 옛 친구잖아요. 내 생각에 우리는 하나도 변하지 않은 것 같으니 거리를 두는 예의를 차리고 싶진 않아요. 그렇다고 함부로 반말을 하기도 곤란하니 영어로 말하면 어떨까요? Do you understand me?"

이렇게까지 반갑게 맞아 주리라고는 꿈에도 생각지 못했다. 게다가 가면무도회도 아니었다. 한 영혼을 갈망하는 또 하나의 영혼이 있었다. 변장을 하고 검은 가면을 썼어도 눈빛만으로 서로를 이해할 수 있는 두 친구의 인사가 있었다. 나에게 내민 그녀의 손을 잡으며 나는 말했다.

"천사와 얘기할 때는 친근하게 대할 수밖에 없답니다."

하지만 인생에서 형식과 습관의 힘은 얼마나 강한가.

순수한 마음의 고요를 어지럽히는 것들

아무리 친한 사람이라도 자연스럽게 언어를 구사하기가 얼마나 어렵던가. 대화가 끊어지고 우리는 서로 서먹해졌다. 나는 침묵을 깨고 문득 떠오른 생각을 말했다.

"사람이란 어릴 때부터 새장 속에서 살도록 길들여졌나 봅니다. 그래서 자유로운 몸이 되어도 날개를 감히 펴지 못하고 조금만 높게 날아올라도 어딘가에 부딪칠까봐 겁을 내는 것 같아요."

"맞아요."

그녀가 말을 이었다.

"하지만 그럴 수 있다고 봐요. 또 그럴 수밖에 없고요. 때때로 사람들은 숲 속을 날아다니는 새처럼 살고 싶어 하죠. 나뭇가지 위에서 만나 서로 소개하지 않고도 함께 노래하는 관계가 되고 싶어 하죠. 하지만 새 중에는 부엉이나 참새 따위도 있기 마련이고, 그런 새들은 서로 모르는 체하고 그냥 지나치는 편이 나아요. 정말로 인생은 시와 같을지도 모르겠어요.

진정한 시인이 진리와 아름다움을 완벽한 음률로 노래할 수 있듯이 인간은 온갖 사회적 속박에 굴하지 않고 사고와 감정의 자유를 간직해야 한다고 생각해요."

그때 문득 플라톤이 한 말이 떠올랐다.

언제 어디서나
영원한 것,
그것은 묶여 있는 낱말 안에 깃든
자유로운 정신이다.

"정말 그런 것 같아요."

온화하면서도 장난기가 섞인 미소로 그녀가 말했다.

"그래도 내게는 특권이 하나 있어요. 그것은 나의 병과 고독이에요. 종종 젊은 남녀들이 가엾을 때가 있어요.

그들이나 그들의 친척들은 사랑이나 사랑이라고 부르는 것을 생각하지 않고는 가까운 사이가 될 수 없다고 생각하니 말이에요. 그래서 그들은 손해를 보고 있는 거예요. 젊은 여자들은 자기 영혼 속에 무엇이 잠들어 있고, 훌륭한 남자 친구로부터 듣는 충고로 무엇을 깨달을 수 있는지 전혀 모르고 있죠.

또한 젊은 남자들에게 그들의 마음속 갈등을 멀리서 지켜주는 여자 친구가 있다면 그들은 여러 가지 기사의 도를 다시 얻게 될 거예요. 하지만 그런 일은 별로 없는 것 같아요.

사랑이나 사랑이라고 불리는 감정이 끼어들게 되니까요. 두근거리는 가슴, 희망의 물결, 아름다운 얼굴을 보는 희열, 달콤한 감상, 때로는 이해타산까지, 다시 말해 순수한 마음의 고요한 대양을 어지럽히는 것이 나타나는 거예요."

그녀는 갑자기 말을 멈췄다. 그녀의 얼굴에 고통이 어렸다.

"오늘은 그만 말해야겠어요. 주치의가 말을 너무 많이 하지 말라고 했거든요. 멘델스존의 이중주가 듣고 싶어요. 옛날부터 당신이 즐겨 연주했던 곡이죠?"

나는 아무 말도 할 수가 없었다. 그녀가 이야기를 마치고 옛날처럼 두 손을 가지런히 포개어 놓았을 때, 그녀의 새끼손가락에서 반지를 보았기 때문이다. 그것은 그녀가 내게 주었고 내가 다시 그녀에게 주었던 반지였다. 떠오르는 생각들이 너무 많아 말로 표현할 수가 없었던 것이다.

나는 조용히 피아노 앞에 앉아 연주를 시작했다. 연주를 마치고 돌아앉아 그녀를 보며 말했다.

"이렇게 아무런 말없이 음으로만 이야기할 수 있다면 얼마나 좋을까요?"

"그럴 수 있어요."

그녀가 대답했다.

"모두 이해했는걸요. 오늘은 여기까지만 해야겠어요. 기운이 점점 빠지는 것 같아요. 우리는 서로에게 좀 더 익숙해져야 해요. 그리고 가련한 병자는 늘 관대함을 기대하죠. 내일 저녁 이 시간에 다시 만날 수 있는 거죠?"

나는 그녀의 손에 입을 맞추려 했다.

그러나 그녀는 내 손을 힘주어 꼭 잡고 말했다.

"이것으로 됐어요. Good bye!"

TÓC ĐẸP

첫사랑

이반 투르게네프

러시아의 대문호 투르게네프의 사랑의 고전인 《첫사랑》은 마흔 살의 남자 블라자미르 페트로비치가 자신의 수첩에 적어 들려주는 소년 시절에 경험한 애틋한 첫사랑에 대한 로망스이다. 페트로비치의 사랑의 대상인 지나이다는 뭇청년들을 자신의 손아귀에서 가지고 노는 매혹적인 여인이다. 그런 그녀가 사랑하는 사람(자신의 아버지)과 함께 있을 때 보였던 놀라운 행태를 우연히 목격한 주인공은 진실한 사랑의 아름다움과 위엄에 압도당하고 만다. 그 후 페트로비치는 지나이다를 향한 사랑의 열망을 추구하지만 종교적·윤리적 문제로 인해 좌절하고 사랑의 비극 앞에 무엇이 인생을 불행으로 이끄는지 곰곰이 되돌아보게 된다. 결국 지나이다로부터 이별을 통보받은 페트로비치는 누구에게나 처음 하는 경험인 첫사랑의 지독히 가슴 아픈 상처를 가슴 깊이 간직한 채 진정한 어른으로 성장해간다.

Иван Сергеевич ТУРГЕНЕВ

순간적으로 떠오르는 첫사랑의 환영을 오직 한 가닥 한숨과 권태로운 감각만으로 간신히 더듬는 주제에 내가 과연 무엇을 바라고 무엇을 기대할 수 있었으랴? 얼마나 풍성한 미래를 바라볼 수 있었으랴?

내가 기대했던 모든 것 중에서 과연 무엇이 실현되었는가? 그리고 나의 인생에 황혼의 그림자가 깃들기 시작한 지금, 봄날 새벽에 한바탕 휘몰아치고 지나간 뇌우보다 더욱 상쾌하고 더욱 귀중한 추억이 과연 남아 있다고 할 수 있을 것인가?

어느 날 잊을 수 없는 사람을 만나다

그때 내 나이는 열여섯 살이었다. 1883년 여름의 어느 날, 나는 잊을 수 없는 사람을 만났다.

나는 모스크바에서 부모님과 함께 살고 있었다. 우리 집은 당시 집안 사정으로 네스쿠치느이 공원 맞은편 칼루가 성문 근처의 작은 별장을 빌려 쓰고 있었다. 나는 한창 대학 갈 준비를 해야 할 나이였지만 그리 조급하게 서두르지 않았다. 공부보다는 세상에 대해 알고 싶은 게 더 많은 나이였다.

누구도 나의 자유를 방해하는 사람은 없었다. 마지막 가정교사와 헤어진 이후로 나는 제멋대로 내팽개쳐져 있었다. 내 마지막 프랑스인 가정교사는 자기가 러시아 땅에 불시착한 불행한 사람이라는 생각에 사로잡혀서 언제나 제멋대로 날 가르쳤다. 언제부터 그랬는지 기억도 안 날 만큼 나와 가정교사의 불화는 이미 돌이킬 수 없는 지경에 이르렀다. 그렇게 헤어지는 게 기정사실화되자 어머니는 더욱 초조해하셨지만 아버지는 원래 공부는 자신이 깨달아야 열심히 하는

거라며 약간은 방목하는 분위기로 나갔다. 아버지는 나에게 무관심한 편이었지만 나름 친절하게 대해 주셨다. 반면 어머니는 내가 외아들이었는데도 내게 별로 관심이 없었고, 어머니만의 걱정거리에 사로잡혀 자식이나 가정은 별로 신경 쓰지 않았다. 어머니의 마음은 늘 아버지에 대한 관심으로만 꽉 차 있었다. 아버지는 어머니보다 젊은데다 주변 사람들과는 비교할 수 없을 만큼 잘생긴 호남형 귀족이었다. 아버지는 집안의 이해관계로 자기보다 열 살이나 위인 어머니와 정략결혼 비슷한 결혼을 했다. 그래서 어머니는 늘 슬픔 속에서 우울한 나날을 보내고 있었다. 어머니의 평소 태

도는 늘 흥분해 있다거나, 화를 내거나, 질투심에 사로잡혀 있었다. 물론 아버지가 보는 데서는 일절 이런 내색을 보이지 않았다. 어머니는 아버지를 몹시 어려워하였다. 그럴 수밖에 없는 것이 아버지는 늘 엄격하고 냉정한 성격으로 늘 타인에게 누구도 범접할 수 없는 엄정한 거리를 유지하고 있었다. 나는 세상에서 그토록 침착하고 자신 있게 자신의 힘을 믿는 어른을 본 적이 없다.

우리 집은 5월 9일, 성 니콜라이 축일에 시내에서 이곳으로 이사를 왔다. 나는 이 별장에서 보낸 처음 몇 주일을 평생 잊지 못할 것이다.

5월의 화창한 날씨가 계속되던 그 주에 나는 가벼운 마음으로 거리를 산책하였다. 정원 앞에 있는 네스쿠치느이 공원을 거닐다가 성문 밖으로 나가보기도 했다. 산책에는 늘 가볍게 읽을 수 있는 책 한권을 들고 나갔다. 가끔은 카이다노프의 교과서 같은 폼 나는 두꺼운 책도 갖고 갔고, 대개는 평소 외워둔 시를 적은 시집을 갖고 갔었다. 시집을 갖고 가서 야외에서 시를 소리 높여 낭송하곤 했다. 그렇게 좋아하는 시들을 읊고 읽노라면 내 안에서 피가 몸속에서 솟구쳐

오르곤 했다. 그때마다 자연스럽게 가슴이 뛰었는데 그것은 정말이지 달콤하면서도 유치한 기분의 감정이었다. 그때 나는 줄곧 세상 모든 일에 겁이 질려 있는 어린 아이였다. 내 주위에서 일어나는 모든 일들에 경이로운 느낌을 가지면서 끊임없이 뭔가를 기다리는 불안한 아이였다. 마치 아침 노을이 물들었을 때, 종루 주위를 나는 제비 떼처럼, 상상은 늘 내 주변을 빙빙 돌며 빠른 속도로 환상거리를 만들어 내곤 했다. 나는 가끔 깊은 생각에 잠기다가, 때로는 슬픔에 젖어 혼자만 주르륵 눈물을 흘리기도 했다. 때로는 아름다운 시의 구절이며, 노을 지는 달빛의 처연함에 휩쓸려 나오는 비애와 우수를 통하여 가슴 뛰는 삶과 젊음의 기쁨을 봄의 풀처럼 파릇파릇 싹틔우기도 했다.

내가 생각하는 모든 것, 내가 느끼는 모든 감정에는 무어라 단정할 수는 없지만 알지 못하는 새롭고 신비로운 여인에 대한 느낌이 알 듯 모를 듯하게 수줍게 내 감정 속에 숨어들고 있었다.

이러한 예감과 기대는 언제부턴가 내 온몸에 스며들었다. 나는 매일 그것을 예감했다. 그 애틋한 감정은 내 몸 안 피 한 방울 한 방울에까지 스며들어, 온몸의 혈관 속을 휘젓고 다녔다. 그리고 그 느낌은 곧 닥칠 운명을 느끼게 했다.

우리의 별장은 둥근 기둥이 여러 개 세워진 목조 건물의 주인집과 두 개의 야트막한 별채로 되어 있었다. 그중 한 건물에는 값싼 도배지를 만드는 자그마한 공장이 있었다. 나는 여러 번 그곳에 구경을 갔었는데, 창백하게 야윈 얼굴에 헝클어진 머리칼과 거름투성이 옷을 걸친 열 명 가량의 여윈 소녀들이 네모진 인쇄기의 판대기를 누르며 가지각색의 도배지를 만들어내고 있었다.

5월 9일에서 3주 가량 지났을 무렵, 이 별채 들창의 덧문이 열리고 안에서 두 여인의 얼굴이 나타났다. 어떤 가족이 그 별채로 이사를 온 것이었다. 그날 점심때 어머니는 그 별채에 이사 온 사람이 누구냐고 하인에게 물었다

하인에게서 그 여인이 자세키나 공작부인이라는 말을 듣고, 어머니는 처음에는 겸양을 갖춰 "아, 공작부인이야…." 하더니, 곧 "가난뱅이 공작부인쯤 되겠지." 하며 퉁명스럽게 덧붙였다.

하인은 "짐차 세 대가 전부였어요." 하며 "자가용 마차도 없고, 가구도 무척 초라하더군요."라고 덧붙였다.

어머니는 하인의 말에 곧 "그래." 하고 대수롭지 않게 말을 받더니 "어쨌든 잘됐어."라고 말을 맺었다. 무슨 말을 더 하려다가 아버지가 차가운 눈초리로 어머니를 흘기듯 바라보자 어머니는 입을 꾹 다물어버렸다.

하인의 말이 아니더라도 그들이 그 별채로 이사 온 것만 봐도 자세키나 공작부인이 부유할 리는 없었다. 그 별채야 그야말로 낡아빠지고 좁고 야트막한 초라한 집이었기 때문이었다. 조금이라도 행색이 되는 집안이라면 그런 허물어져 가는 집에 이사 올 리가 없지 않겠는가. 그러나 나는 어머니의 그런 얘기는 그저 귓전으로 흘러 보냈다. 물론 공작부인이란 호칭도 그리 큰 감흥을 불러오진 못했다. 그때 나는 쉴러의 《군도》를 읽고 있었다.

아름다움에 매혹되다

그때 나는 해만 지면 어깨에 엽총을 메고 뜰 안을 서성이며 까마귀를 쫓는 버릇이 있었다. 이상하게 나는 조심스럽고 교활한 까마귀가 눈엣가시처럼 싫었다. 문제의 잊지 못할 만남의 시작도 바로 까마귀를 쫓으러 집 밖으로 나서면서 시작된다. 그날도 나는 평소처럼 까마귀를 쫓으러 정원으로 나갔다. 정원에 양쪽으로 늘어선 가로수 길을 별 소득 없이 돌아보고 나서— 까마귀는 나를 알아보고는 저 멀리서 가끔씩 듣기 싫은 까욱 까욱 소리를 내며 내 눈치만 살필 뿐이었다. 나는 우연히 나지막한 별채의 담장으로 다가갔다. 담장은 오른쪽 별채 끝까지 쭉 뻗어 있었는데, 별채에 딸린 조그마한 마당이 우리 집 정원과 별채를 구분하고 있었다. 나는 별생각 없이 좀 더 가보자는 생각으로 머리를 숙이고 담장을 끼고 걸어갔다. 조금 가자 사람들의 수군대는 소리가 들렸다. 나는 소리 나는 쪽으로 담장 너머를 쳐다보았다. 그러자 내 눈앞으로 이상한 광경이 펼쳐졌다.

내게서 겨우 네댓 발자국 앞의 딸기나무 덩굴에 덮인 풀밭 위에는 줄무늬가 새겨진 장미색 옷을 입고 하얀 수건을 두른 늘씬하고 키 큰 처녀가 서 있었다. 그리고 처녀의 주위로 네댓 명의 젊은이가 옹기종기 모여 있었다. 처녀는 무슨 영문인지 조그마한 회색 꽃으로 젊은이들의 이마를 차례차례 때리고 있었다. 나는 그 꽃이 무슨 꽃인지 잘 몰랐지만,

당시 아이들이 잘 갖고 노는 꽃이었다. 앙증맞은 주머니처럼 생긴 그 꽃은 뭐든지 딱딱한 물건에다 두드리기만 하면 요란하게 탁 소리가 나며 터지는 꽃이었다. 처녀 주위에 모인 청년들은 뭐가 그리 좋은지 어서 날 때려달라는 듯이 일제히 이마를 내밀고 있었다. 처녀의 몸짓에는—나는 한 치 옆에서 바로 그녀를 볼 수 있었다— 말로는 다할 수 없는 풋풋한 매력이 묻어났고, 조소하는 것 같으면서도 한편으로는 귀여운 장난기가 물씬 배어나서 하마터면 나는 외마디 비명을 지를 뻔했다. 처녀와 그들의 하는 양을 지켜보면서 나도 한번 저 여인의 가녀린 손가락으로 내 이마를 실컷 맞아 봤으면 하는 이상야릇한 생각이 들었다. 그것을 위해서라면 이 세상의 모든 것을 당장 그 자리에 던져버리고 싶은 마음이 들었다. 나도 모르게 손에 쥐고 있던 엽총이 슬그머니 손에서 미끄러져 풀밭에 떨어졌다. 그저 그 여인을 보기 위해 잠시 넋이 나갔다. 나는 내가 그 자리에서 그들을 엿보고 있다는 것도 잊은 채 그저 그 어여쁜 몸매며 가느다란 목과 얇은 손, 흰 수건 밑으로 나부끼는 헝클어진 블론드 머리며, 반쯤 감겨진 사슴 같은 눈과 짙은 속눈썹, 아아! 그 얇고 갸름한 볼…을 뚫어지게 바라보고 있었다.

“이봐, 젊은 친구.” 갑자기 나를 부르는 소리에 번쩍 정신이 들었다.

“모르는 아가씨를 그렇게 대놓고 바라보는 사람이 어디 있어?”

그 소리를 듣자 온몸이 움찔하고 정신이 아찔해졌다. 바로 곁의 담장 너머에서 짧게 머리를 깎아 올린 한 사내가 별 녀석 다 보겠다는 표정으로 나를 노려보고 있었다. 그 소리에 처녀도 소리 나는 쪽으로 고개를 돌렸다. 그 순간 나는 그 여인을 정면으로 보고 말았다. 표정이 풍부하고 활기 있는 얼굴에서 빛나는 커다란 회색 눈동자가 내 눈을 찔렀다. 조금 있자 처녀의 얼굴이 가늘게 떨리면서 엷은 웃음을 지었다. 하얀 이가 반짝이고 눈썹은 기분 나쁜 것을 본 것인 양 야릇하게 위로 치켜떠졌다. 순간적으로 나는 얼굴이 빨개져서 풀 위에 떨어진 엽총을 주워들었다. 그런 다음 호탕한 웃음소리를 등 뒤로 들으며 내 방으로 도망쳐 들어와 침대에 몸을 던지고는 두 손으로 얼굴을 가렸다. 이런 기분은 처음이었다. 내가 어쩌지 못할 만큼 가슴이 쿵쾅거리며 마구 뛰었다. 나는 순간적으로 부끄럽다가도 유쾌하기까지 했다. 살면서 한 번도 경험해 본 적이 없는 가슴 뛰는 흥분이었다.

잠시 숨을 돌리고 진정한 다음 나는 헝클어진 머리를 정리하고 옷매무새를 가다듬은 뒤 차를 마시러 아래층으로 내려갔다. 계단으로 내려가는 내내 젊은 처녀의 모습이 어른거려서 미칠 지경이었다. 심장은 숨가쁜 고동을 멈췄지만 어쩐지 기분 좋게 죄어드는 것 같았다.

"이 시간에 네가 웬일이냐?" 아버지가 나를 보고 이상하다는 듯이 물었다. "까마귀는 잡았니?"

나는 아버지에게 방금 일어났던 일들을 죄다 말하려다가 꾹 참고 억지로 웃어 보이며 차 마시러 왔다고 둘러댔다. 그리고는 찻잔을 집어 들고 내 방으로 왔다. 잠자리에 들어갈 때 나는 무엇 때문에 그러는지 나 자신도 모르게 한쪽 발을 쳐들고 세 번이나 뱅그르르 맴을 돌았다. 그리고 예전에 없던 포마드도 바르고 자리에 눕자, 며칠 밤을 지새운 사람마냥 죽은 사람처럼 늘어지게 잠을 잤다. 새벽녘에 잠이 깨었으나 머리를 조금 쳐들고 환희에 찬 눈으로 주위를 한번 둘러보고는 이내 잠들어버렸다.

품위 있는 숙녀

이튿날 아침 눈을 뜨기가 무섭게 내 머리에 떠오른 생각은 '어떻게 하면 저 집 사람들과 친하게 지낼 수 있을까' 하는 것이었다. 나는 일어나서 머리를 식히기 위해 잠시 정원으로 나갔지만 너무 담장 가까이 접근하지는 않았다. 자연히 그 집 사람과는 만나지 않았다. 집으로 들어와서 평소처럼 모닝 차를 마신 다음 집 앞 큰길을 서너 차례 오르내리며 저 멀리 보이는 들창 쪽을 들여다보았다. 잠깐이지만 별채의 커튼 뒤로 그녀가 모습을 내보이는 것 같아서 나는 놀라며 멀찍이 물러서기도 했다. 그러면서도 무슨 이유를 대서라도 그녀와 만나야 할 텐데 하는 생각을 지울 수가 없었다. 어떻게 해야 그녀를 만날 수 있을까. 네스쿠치느이 공원 앞의 모래터를 이리저리 서성이며 온통 그 생각만 했다. 골똘히 어제의 장면들을 떠올리며 하나하나 어제의 모습들을 눈앞에 세세히 그려 보았다. 그때마다 다른 건 희미하게 떠오르다가도 그녀가 내게 웃음 짓던 모습만은 뚜렷이 머릿속에 선명히 기억났다. 내가 이런저런 궁리를 하며 그녀와의 만남을 고심하는 동안 운명은 나를 위해 이미 움직이고 있었다.

어머니는 내가 집에 없을 때 새로 이사 온 공작부인으로부터 한 통의 편지를 받았다. 편지는 우체국의 통지서나 싸구려 포도주 병마개에나 쓰는 누런색 봉랍을 붙인 질 나쁜 회색 종이에 씌어 있었다. 편지의 말투는 무식하기 짝이 없었고, 필체는 봉두난발격의 날림식 필적으로, 공작부인의 사연은 어머니에게 자신들을 잘 보살펴 달라는 내용의 청이었다. 공작부인의 사연에 따르면 내 어머니가 그녀와 그녀의 자녀들의 운명을 좌지우지하는 몇 몇 사람들과 절친한 관계여서 그렇다는 것이었다. 당시 공작부인은 일생일대의 중요한 소송 사건에 휘말려 있었다.

“저는 교양 있는 집안의 한 부인으로서” 그녀의 편지는 이렇게 시작하고 있었다. “역시 품위 있는 귀족인 부인에게 청을 드리고자 하는 것이오며, 이렇게 부인과 연을 닿을 수 있게 된 것을 감사하게 생각하는 바입니다.” 그리고 편지 끝에는 그녀가 어머니를 방문할 수 있도록 허락해 주었으면 좋겠다는 간곡한 부탁으로 맺고 있었다. 내가 집안에 들어갔을 때 어머니는 기분이 별로 좋지 않은 것 같았다. 마침 아버지도 안 계셔서 어머니는 이 문제를 누구와도 상의할 수 없었던 것이다. '품위 있는 숙녀로서' 어머니는 공작부인에게 답장을 보내지 않을 수 없는 처지였다. 그러나 어떻게 답신을 보내야 할지 어머니는 무척 난감해하고 있었다.

내가 집에 돌아오자 어머니는 몹시 반기며 공작부인을 찾아가서, 당신은 언제나 힘닿는 데까지 부인을 도울 용의가 있다는 것과, 우리 집에는 오후 1시쯤 오셨으면 한다는 것을 빨리 전해드리라고 했다. 나는 그토록 바라던 소원이 뜻밖에도 엉뚱한 데서 해결될 수 있다는 데에 안도하며 한편으론 운명의 힘에 새삼 놀라움을 금치 못했다.

나는 새 넥타이와 플록코트로 차리기 위해 급히 내 방으로 올라갔다. 그러면서 어머니 느낌에는 내가 진짜 싫은데 어머니 청이니까 겨우 들어주는 척을 하려고 애썼다. 그러기 위해서 어머니가 애써 강조하는 더블칼라가 붙은 재킷을 벗고 가려고 내 방으로 가는 척을 했다.

차가운 비수 같은 공작의 딸

내가 비좁고 지저분한 별채의 문간방으로 온몸을 비틀며 겨우 들어서자, 거무죽죽한 구릿빛 혈색을 한 돼지같이 심술궂은 백발의 하인이 마뜩치 않은 표정으로 나를 맞았다. 하인은 지금까지 한 번도 본 적이 없는 깊은 주름살이 패인 기분 나쁜 노파였다. 그는 청어 가시를 접시에 담아 갖고 나오며 방문을 발로 닫으려다 나를 보고 성마른 소리로 퉁명하게 물었다.

"누굴 만나러 오셨습니까?"

"아, 저기, 자세키나 공작부인을 만나러 왔는데요." 하며 나는 띄엄띄엄 말했다.

그때 갑자기 "보니파치!" 하며 질그릇 깨지는 여자의 쉿소리가 다음 방에서 들려왔다.

하인은 그 소리를 듣자 아무 말 없이 자신이 들고 나온 접시를 마룻바닥에 내려놓고는 그냥 휙 자기 방으로 들어가 버렸다.

"경찰서에 갔다 왔어?" 조금 전 들렸던 쉿소리 나는 여자의 목소리였다. 그 말에 하인이 뭐라고 대꾸하는 소리가 들렸다.

"뭐라고? 누가 날 찾아왔어?"

다시 여자의 목소리가 들려왔다.

"아, 옆집 도련님이 온 게로군. 어서 들어오시라고 해."

"응접실로 들어오시지요." 하인은 다시 내 앞으로 오더니 아까와 달리 마룻바닥에 아무렇게나 놓았던 접시를 가만히 집어 들며 말했다. 나는 어색한 상황을 모면하려는 양 어색하게 옷깃만 매만지며 응접실로 들어갔다. 응접실은 그리 깨끗하다곤 할 수 없는 조그만 공간이었는데, 아무렇게나 널려 놓은 가구 등이 볼썽사납게 좁은 공간에 방치돼 있었다. 창가에 놓인 팔걸이가 부러진 안락의자에 쉰 살쯤 돼 보이는 초췌한 몰골의 늙은 부인이 겨우 기운 옷에 털실 숄을 목에 두르고 불안하게 앉아 있었다. 가무잡잡한 그녀의 눈이 나를 집어삼킬 듯 노려보는 것 같았다. 나는 부인에게 한 발 다가가 공손히 인사를 했다.

"실례합니다. 자세키나 공작부인이신가요?"

"그래요, 내가 자세키나 공작부인이에요. 댁이 요 앞집 백작님의 아드님이신가요?"

"네, 제가 그 아들입니다. 어머니께서 심부름을 보내셔서 왔습니다."

"자, 이리 와서 앉으세요. 보니파치! 내 열쇠 못 봤나?"

나는 자세키나 부인에게 편지에 관한 어머니의 답신을 전했다.

공작부인은 굵고 기다란 손가락으로 창문 가장자리를 톡톡 치면서 내 말에 집중하고 있다가, 내 말이 끝나자 천천히 나를 한번 훑어보았다.

"어머니께서 그렇게까지 신경을 써주시니 대단히 고맙군요. 꼭 찾아가 뵙지요."

공작부인은 내 말에 잠깐 동안 생각하는 표정을 짓더니 한참 만에 입을 열었다.

"그런데 무척 젊으시네요! 실례지만 나이가 어떻게 되세요?"

"올해 열여섯입니다." 나는 예상치 못한 질문에 더듬거리며 겨우 대답했다.

공작부인은 주머니에서 무슨 내용인지 모르지만 뭔가 빽빽하게 써 놓은, 손때가 반지르르한 서류를 꺼냈다. 그러더니 그 서류를 내 앞에 바짝 들이대더니 이번에는 한참을 이리저리 뒤적이더니 잊었다는 듯 말을 이었다.

"참 좋은 나이군요." 도무지 안정감이라곤 찾을 수 없이 부인은 의자에 앉아서 이리저리 몸을 비틀다가 엉덩이를 들썩거리다가 불쑥 말을 이었다.

"뭐, 그렇게까지 예의를 차릴 필요는 없어요. 편히 앉아요. 우리 집에서는 누구나 허물없이 지내고 있으니까요."

나는 공작부인이 너무 지나치게 허물없이 구는구나 하는 생각이 들어서 불현듯 혐오감을 느끼며 부인의 볼썽사나운 겉모습을 샅샅이 살펴보았다.

그 순간 응접실 옆의 한쪽 방문이 홱 열리더니 어제 본 그 처녀가 문턱에 나타났다. 그녀는 이상하게도 한손을 쳐들고 서 있었다. 서 있는 처녀의 얼굴에 엷은 미소가 살짝 스쳐 갔다.

"이 애가 내 딸이랍니다." 부인은 아무렇지도 않게 팔꿈치만 돌려 처녀를 가리키며 대수롭지 않다는 듯이 말했다. "지노치카. 이웃집 B씨의 아드님이셔. 실례지만 성함이 어떻게 되시는지요?"

"블라디미르입니다." 나는 급하게 자리에서 일어난 나머지 미처 정돈되지 못한 상태로 쉰 소리를 내며 대답했다.

"그럼, 아버님 성함은 어떻게 되세요?"

"페트로비치입니다."

"아, 그래요! 내가 잘 아는 경찰서장이 한 분 계신데, 그분도 성함이 블라디미르 페트로비치시거든요. 보니파치! 열쇠는 내 호주머니에 있으니까 찾지 않아도 돼."

부인과 내가 어색하게 나누는 대화를 처녀는 엷은 미소가 깃든 눈으로 주의 깊게 바라보고 있었다.

"난 벌써 무슈 볼리데마르(블라디미르를 프랑스어로 부른 것)를 만난 일이 있어요."

처녀가 불쑥 말을 내뱉었다. 은방울을 굴리는 듯한 그 목소리는 차가운 비수에 스민 달콤한 칼날처럼 내 등골을 스치고 지나갔다.

"이렇게 프랑스식으로 당신 이름을 함부로 불러도 절 용서하겠지요?"

"좋으실 대로 부르십시오." 나는 이미 굳어 버린 혓바닥으로 입에서 나오는 대로 아무렇게나 대답했다.

"이 도련님을 어디서 만났다는 거니?"

공작부인이 의외라는 듯 궁금증을 못 참겠다는 투로 딸에게 물었다. 딸은 어머니의 물음에는 아랑곳하지 않고, 내게만 시선을 고정한 채 물었다.

"지금 바쁘세요?"

"아니오, 바쁘지 않습니다."

"그럼, 제 털실 감는 거나 도와주시겠어요? 내 방으로 오시면 되요. 자 어서요."

그녀는 나에게 머리를 까딱해 보이고는 바로 제 방으로 가버렸다. 나는 바보마냥 쪼르륵 그녀의 뒤를 쫓아갔다. 처녀의 방에 놓인 가구는 응접실 가구 배치보다는 좀 나은 편이었고, 나름대로 정리가 되어 안정되게 보였다. 물론 그 순간부터 나는 그 방의 모든 것들을 제대로 볼 수 있는 정신이 없어졌다. 그저 꿈속을 거닐듯이 아무렇게나 몸을 움직이며, 온몸으로 믿기지 않을 만큼 큰 행복감만이 충만해졌다.

공작의 딸은 자리에 앉더니 새빨간 털실 뭉치를 꺼내 들었다. 그리고 자기 앞의 의자에 앉으라고 손짓한 다음 열심히 실 뭉치를 풀어 헤쳐 가며 내 양쪽 손에 실을 걸어 놓았다.

그리고는 그녀는 마치 장난하듯이 느릿느릿하게 침묵으로 일관하며 얼굴엔 심술궂은 미소를 지은 채 트럼프를 꺾어 쥐고 거기에 털실을 감기 시작했다.

한참 털실을 감던 그녀가 갑자기 내게로 말을 붙였다.

"어제 처음 날 보고 어떤 생각이 드셨어요, 무슈 볼리데마르? 날 나쁜 여자라고 생각하진 않으셨어요?"

나는 무슨 말을 해야 할지 몰라 잠시 망설이다가 겨우 답했다.

"나는 아무런 생각도 하지 못했습니다. 내가 어떻게 그런 생각을 할 수가 있겠습니까?"

"아이 참, 그런 말이 아니라…." 그녀는 내 지나친 망설임에 조금 짜증이 난다는 듯이 약간 얼굴을 찡그리며 말했다.

"당신은 날 잘 모르겠지만 사실 난 좀 이상한 사람이에요. 나는 무엇보다 다른 사람에게서 있는 그대로의 사실을 듣고 싶어요. 당신이 열여섯이라고 했으니까 내가 스물한 살이니 훨씬 누나겠지요. 그러니 내게 말할 때만은 항상 있는 그대로를 말해 주세요. 그리고 내 말도 잘 들어야 해요."

이렇게 일장 훈계조로 말하고는 다시 한마디를 덧붙였다.

"무슈 볼리데마르? 날 좀 보고 얘기해요. 왜 날 보지 않는 거죠?"

그녀는 점점 더 나를 난처하게 하는 말들로 분위기를 이끌어갔다. 그녀의 재촉 아닌 재촉에 나는 어쩔 수 없이 그녀를 바라보았다.

그러자 그녀는 나를 향해 살짝 미소를 지었는데, 그 선한 웃음에는 좀 전과 달리 나에게 무척 호감을 담은 시선을 보냈다.

그녀는 목소리를 낮추면서 상냥하게 말했다.

"난 누가 내 얼굴을 뻔히 본다고 해도 그리 기분 나쁘게 생각하진 않아요. 지금 보니 당신 얼굴이 마음에 드네요. 아주 순수하고 선한 얼굴이에요. 우린 곧 친구가 될 수 있을 것 같아요. 그런데 나만 그런가요? 당신은 내가 마음에 들어요?"

좀처럼 종잡을 수가 없는 말들을 늘어놓는 그녀 앞에서 나는 그만 나이보다 훨씬 어린 소년이 되어 있었다.

"저기요…." 하고 그녀는 나에게 명령조의 부탁을 했다.

"몇 가지 부탁할 게 있는데요. 우선 지금부터는 나를 지나이다 알렉산드로브나라고 불러주세요. 그리고 젊은 남자가 자기 느낌을 솔직하게 말하지 않는 건 나쁜 버릇이에요. 그건 어른들이나 하는 짓이지요. 그러니까 결론은 당신의 마음에 내가 괜찮은 여자인 거죠?"

그녀가 이렇게 허물없이 나를 대하겠다는 건 나로선 기

뽀기 그지없는 일이었지만, 자꾸 날 어린아이 취급하는 말투엔 은근히 기분이 나빠졌다. 무엇보다 나는 어린애가 아니라는 걸 그녀에게 빨리 인식시킬 필요가 있다고 생각했다. 그래서 될 수 있는 한 가장 어른스러운 표정을 지으며 천천히 말문을 열었다.

"물론 나는 당신이 마음에 듭니다. 지나이다 알렉산드로브나. 나는 이런 감정을 숨길 생각은 전혀 없습니다."

그녀는 내 말이 마음에 들었던지 한두 번 고개를 끄덕이고는 천천히 사이를 두고 말을 이었다.

"가정교사가 있어요?"

"아니오. 가정교사는 오래전에 그만뒀습니다."

나는 그 대목에선 짐짓 거짓말을 했다. 내가 프랑스 가정교사와 헤어진 지는 겨우 한 달 밖에 되지 않았다.

"오! 그래요. 그럼, 이제는 어엿한 어른이라는 얘긴데."

그녀는 이렇게 말하고는 잘 알았다는 표시로 가볍게 내 손가락을 두드렸다.

"아 참, 그렇게 손을 구부리면 안 돼요. 손을 똑바로 들어요!" 그녀가 내 손가락을 두드린 건 실을 똑바로 감기 위해 손을 잘 받치고 있으라는 신호였다.

그녀가 실패에 집중하느라 나를 잘 보지 않는 것을 확인하고는 나는 찬찬히 그녀를 살펴보았다. 처음에는 들킬까 봐 흘끗흘끗 조심스럽게 잠깐씩 봤지만, 차츰 대담해져서 한참을 얼굴이며 이목구비를 자세히 살펴보았다. 확실한 것은 어제 불현듯이 본 그녀의 얼굴보다 자세히 본 지금의 얼굴이 훨씬 더 예쁘게 보인다는 거였다. 이모저모 다 훑어봐도 얼굴선이 가늠하고 곱고 총명해 전체적으로 귀여운 얼굴이었다. 흰 커튼을 드리운 창문을 배경으로 앉아 있는 그녀에게 햇빛이 그대로 내리비쳐 부드러운 금발과 사슴처럼 가늘고 긴 목덜미, 오목하니 둥근 어깨와 여릿하고 가냘픈 가슴을 선명하게 비추고 있었다. 한참을 넋을 잃고 그녀를 바라보노라니, 어느덧 그녀는 나에게 소중하고 친근한 존재가 된 듯한 느낌이었다. 자꾸만 나는 아주 오래 전부터 그녀를 알고 있었던 것 같고, 그녀를 알기 전에는 아무런 기억도 없었던 것 같은 이상한 감정에 휩싸였다.

그녀는 낡아빠진 거무죽죽한 옷을 입고 앞치마를 두르고 있었다. 나는 그 옷과 앞치마의 주름을 하나하나 기쁜 마음으로 쓰다듬어 주고 싶은 생각이 들었다.

그녀에 대한 상상의 나래로 한창 즐거운 생각에 잠겨 있을 즈음, 그녀의 눈썹이 살짝 위로 치켜 올라갔다. 그리고는 다시금 그녀의 큰 눈이 내 앞에서 빛났다. 서늘한 미인형의 그 큰 눈매엔 엷은 미소가 가만히 지어졌다.

"가만히 보니까 좀 전부터 나만 뚫어지게 쳐다보고 있군요." 그녀는 장난기 어린 미소를 지으면서 심술궂게 말하더니 오른쪽 손가락으로 나를 위협하는 듯한 장난질을 했다.

나는 예상치 못한 그녀의 행동에 순간 얼굴이 붉어졌다. 그녀는 나에 대한 모든 것을 다 아는 모양이었다. 나에 관해서는 뭐든지 보고 있는 것 같았다.

이런 얼토당토않은 생각에 잠겨 있을 때 갑자기 옆방에서 쿵쾅 하고 뭔가 떨어지는 소리가 들렸다.

잠시 후 "지나!" 하고 공작부인이 응접실에서 부르는 소리가 들려왔다. "벨로브조로프가 너 주려고 새끼고양이를 가져왔구나."

"새끼고양이!" 그녀는 반가운 목소리로 대답하며 의자에서 발딱 일어나더니, 실컷 펴고 있던 털실 뭉치를 내 무릎 위에 팽개치듯이 던지고는 어머니에게로 획 나가 버렸다.

나도 실 뭉치를 테이블에 놓고는 지나이나를 따라 응접실로 나오다가 깜짝 놀라 걸음을 멈추고 말았다. 내가 본 광경은 지나이다와 새끼고양이의 귀여운 조우였다. 응접실 한 켠에는 알록달록한 새끼고양이가 앙증맞게 다리를 쭉 뻗고 누워 있고, 지나이다는 새끼고양이 옆에서 조심스럽게 고양이의 턱을 받쳐 올리고 있었다.

"어머나! 이 아가들 좀 봐." 지나이다가 귀여워 죽겠다는 듯이 말했다. "눈도 새파란 데다가, 귀는 또 어쩌면 요렇게 앙증맞아! 빅토르 예고르이치, 너무 예쁜 아이들을 선물 받았네요, 고마워요! 당신은 정말 친절한 분이세요!"

나는 그녀가 친절하다고 말하는 경기병이 어제 본 청년들 가운데 한 명임을 금세 알 수 있었다. 지나이다의 칭찬에 그는 겸연쩍게 씩 웃어 보이며 고개를 숙였다. 그리고는 뭐 이런 걸 갖고 그러냐는 투로 대수롭지 않다는 듯이 말했다.

"어제 지나이다가 귀가 큰 얼룩 고양이를 갖고 싶다고 하셔서…. 이웃집에 마침 고양이새끼가 있어서 이놈을 구해 왔지요. 당신의 말은 곧 법이니까요."

쑥스럽다는 듯이 띄엄띄엄 몇 마디 하고는 그는 다시 고개를 숙였다.

그때 방바닥의 새끼고양이가 야옹 하고 힘없이 소리를 내더니 이내 방바닥을 핥기 시작했다.

"어머, 야옹이가 지금 배가 고픈가 봐요!"

지나이다가 안쓰럽다는 표정을 지으면서 약간 소리를 높여 말했다. "보니파치! 소냐! 고양이 주게 우유 좀 가져와."

낡아빠진 노란 옷을 입은 하녀가 우유 접시를 들고 들어와서 고양이 앞에 놓아주었다. 고양이는 그 새를 못 참겠는지 부르르 몸을 떨더니 앙증맞은 입술로 접시에 담긴 우유를 핥기 시작했다.

"어머, 재는 어쩌면 저렇게 혓바닥이 빨갈까!" 지나이다는 바닥에 다 닿을 만큼 머리를 푹 숙이고는 고양이의 코를

들여다보며 말했다.

고양이는 먹을 걸 다 먹자 배가 부른지, 이내 건방진 포즈를 취하며 앞발을 쓱 내밀었다가 다시 접으며 실내를 휘저을 자세를 취하곤 했다. 이런 고양이가 지겨워졌는지 지나이다는 자리에서 일어나 하녀에게 쌀쌀맞게 말했다.

"아, 이 고양이도 못쓰겠네. 버릇이 없어. 고양이는 마당에 갖다 놔."

"고양이를 선물로 준 대가로 당신의 손을!" 하고 경기병은 어색하게 씩 웃더니 지나이다에게 손을 내밀었다. 그러

자 지나이다가 "양쪽 다!" 하고 대답하며 경기병에게 두 손을 내밀었다. 경기병이 황송하다는 표정을 지으며 그녀의 손에 키스하고 있는 동안 그녀는 멀찍이 떨어져 있는 나를 바라보고 있었다.

나는 자리에서 미동도 하지 않고 부동자세가 되어, 지금 이 상황에 웃어야 할지, 말아야 할지, 그것도 아니라면 잠자코 바라봐야만 할지가 분간이 되지 않아 머릿속이 복잡했다.

때마침 내 곤란한 상황을 모면해주기라도 하려는 듯 열

린 현관문 밖으로 우리 집 하인이 나타났다. 그는 내게 자신에게 어서 오라는 손짓을 했다. 나는 그에게 "왜 그래?" 하면서도 기계적으로 그에게로 향했다.

"마님께서 도련님을 찾으십니다." 하고 그는 소곤소곤 말했다.

그러더니 어머니가 무척 화가 났다며 "대답을 들었으면 빨리 돌아올 것이지, 뭘 하고 있느냐고 제게 막 뭐라 하십니다." 하고 집의 상황을 급하게 전했다.

"아니, 내가 뭐 그리 오래 있었다고 그래?"

"한 시간도 더 지났습니다."

"한 시간도 더 됐다고!" 나는 엉겁결에 그의 말을 반복해서 말했다. 그리고는 자동반사적으로 응접실로 와서는 공작부인에게 인사를 하고는 그 방에서 물러나오려 했다.

"지금 어딜 가시려고요?" 경기병의 어깨 너머에서 지나이다가 떨떠름하게 물었다.

"이젠 가봐야 할 것 같네요." 나는 공작부인에게로 시선을 두며 말했다. 그리고는 마침 잊어버리고 있었던 것을 생각난 듯이 이렇게 덧붙였다. "그럼, 어머니께는 부인께서 오후 1시에 저희 집으로 오실 거라고 말씀드려 놓겠습니다."

"꼭 그렇게 말씀해 주세요, 도련님."

공작부인은 부산스럽게 담뱃갑을 꺼내더니 어찌나 표나게 담배냄새를 맞는지 지켜보던 내가 다 진저리가 날 정도였다.

"그럼, 어머니께 꼭 그렇게 말씀드려 줘요." 부인은 갑자기 눈물까지 글썽거리며, 애원하는 말투로 내게 거듭 말했다.

나는 그러마고 다짐을 한 뒤 부인에게 인사하고 집으로 돌아와 버렸다. 그때 먼 발치에서 지나이다가 큰 소리로 말하며 웃는 모습이 보일 것만 같았다.

"이것 봐요, 무슈 볼리데마르, 자주 놀러 와야 해요."

"왜 저 여자는 시도 때도 없이 저렇게 웃음을 남발하는 거지?" 시끄럽게 울려퍼지는 그녀의 웃음소리를 들으며 나는 한참을 그 생각만을 했다.

어머니는 집으로 온 내게 몇 분간을 계속 잔소리만 해댔다. 공작부인 집에서 뭘 했길래 그렇게 오랫동안 그 집에 틀어박혀 있었냐는 의심의 눈초리가 분명했다. 나는 어머니에게 아무 대답도 않고 내 방으로 들어가 버리고 말았다. 방으로 들어가면서 나는 갑자기 서러워져서 견딜 수가 없었다.

나는 울음이 터지려는 것을 간신히 참았다. 그건 바로 그 경기병에게서 질투를 느끼는 나를 발견했기 때문이었다.

첫인상

공작부인은 다음날 약속한 시간에 어머니를 찾아왔지만, 자신이 원한 대로 어머니의 환심을 사는 데는 실패했다. 식사할 때 어머니가 아버지에게 말한 대화로 봐서, 공작부인은 '세상에 닳고 닳은 저급한 여자' 같았다. 공작부인은 어머니에게 세르게이 공작에게 잘 좀 봐달라고 치근치근 들러붙어서 애원했다고 한다. 그리고 그녀는 줄곧 소송이니 금전 관계의 사건 등에 관여하고 있는 것 같은 눈치였다고 어머니는 말했다. 그러면서 어머니가 말한 결론은 그녀가 필경 만만찮은 사기꾼 같다는 것이었다. 그렇지만 어머니는 내일 점심에 부인과 딸을 초대했다는 내 귀를 번쩍 뜨이게 하는 희소식으로 마무리를 지었다. '딸과 함께' 라는 말을 듣고, 나는 접시에 코를 틀어박을 듯이 고개를 숙였다.

어머니의 말을 듣고 아버지는, 그 부인이 누군지 이제야 생각난다며 잊었던 기억을 되살려 말했다.

아버지는 젊었을 때 죽은 자세키나 공작을 잘 알고 있었다고 한다. 자세키나 공작은 훌륭한 가문 출신이었지만 크면서 허세만 는 난봉꾼 같은 사람이있다고 한다. 그는 오랫동안 파리에서 살아서 '파리장'이라고 불렸지만 별명만 그럴싸할 뿐 도박으로 전 재산을 탕진한 대책 없는 귀족나부랭이라는 것이었다. 그러더니 별 소식이 없다가 어느 날 돈 때문에 볼품없는 어느 하급 관리의 딸과 결혼한다는 소식을 전해왔더란다. 그리고 결혼 후에도 사치와 낭비만 일삼더니 투기에 손을 대 완전히 무일푼 신세로 전락한 사람이라고 했다.

아버지의 염려어린 말에 어머니는 "제발 돈이나 빌려달라고 하지 말았으면 좋겠는데." 하고 심드렁하게 말했다.

"그럴 가능성이 아주 많아." 아버지는 침착한 어조로 말을 받았다.

"그 여자는 프랑스어를 할 줄 아오?"

"아주 엉망이에요."

"험, 프랑스어야 어찌됐든 우리한테야 뭐 상관있나. 아까

보니 당신이 그 부인의 딸도 초대했다고 했는데, 그 딸은 부모와는 달리 상당히 교양 있는 처녀라던데."

"그래요? 그것 참 다행이네요, 그래도 어머닐 닮지 않은 게 어디에요."

"아버지도 안 닮았겠지." 하고 아버지는 한술 더 떠서 말했다.

어머니는 한숨을 쉬고 생각에 잠겼다. 아버지는 입을 다물었다. 이런 대화가 오가는 동안 나는 몹시 어색한 기분이 들었다.

식사가 끝난 뒤 나는 밤바람에 머리를 식힐 겸 정원으로 나왔다. 나는 자세킨의 집 정원으로는 가지 않겠다고 다짐했지만, 발길은 자연히 정원으로 향하고 있었다. 그리고 그 걸음은 다행히 좋은 만남을 만들어주었다. 내가 그 집 정원 담장에 다가가기도 전에 혼자 있는 지나이다를 발견했다. 그녀는 두 손에 책을 들고서 천천히 정원을 산책하고 있었다. 내가 옆에 있는지도 모르는 눈치였다. 나도 그냥 그녀를 모른 체 지나가려다가 이건 아니지 싶어 갑자기 헛기침을 했다.

그녀는 소리 나는 쪽으로 잠깐 돌아다보았지만 발길을

멈추지 않고 제 갈 길을 걸었다. 둥그런 밀짚모자에 달린 하늘빛 리본을 한손으로 잡으며 나를 보고 알은 체를 하더니 다시 책으로 시선을 고정시켰다.

나는 잠시 그녀가 책보는 자리에서 머뭇거리다가 오늘은 아닌가 보다 하고 무거운 마음으로 발길을 돌리려고 했다. 'Quesuis—je pour elle(나는 저 여자에게 어떤 의미일까)?' 하고, 웬일인지 프랑스어로 생각해 보았다.

별나게 프랑스어로 생각에 잠겨 있던 내게 귀에 익은 발걸음 소리가 들려왔다. 소리 나는 쪽으로 고개를 돌려보니 아버지가 가볍고 빠른 걸음으로 내게로 오고 있었다.

"저 아가씨가 부인의 딸이냐?" 하고 아버지는 궁금하다는 표정으로 물었다.

"네."

"넌 저 아가씨를 좀 아니?"

"뭐, 많이는 아니고요. 오늘 아침에 공작부인 댁에 갔다가 처음 만났어요."

아버지는 내 말에 잠시 걸음을 멈춰 섰다가, 곧 몸을 돌려서 오던 길로 되돌아갔다. 아버지는 지나이다에게 가서 어른답게 천천히 고개를 숙여 인사했다. 그러자 그녀도 아버지에게 공손히 인사를 드렸다. 그런데 지나이다는 뜻밖이었는지 적이 놀란 얼굴로 책을 든 손을 황급히 내리고는 당황한 표정을 감추지 못하였다. 나는 지나이다의 눈길이 아버지를 계속 응시하고 있는 것을 보았다. 아버지와 지나이다가 인사하는 모습을 보고 내가 지나이다 쪽으로 가려고 했지만, 그녀는 다시 책을 들여다보며 자기 집 쪽으로 가버렸다.

우아한 고양인 지나이다

그날 저녁부터 다음날 아침까지 나는 이유를 알 수 없는 무력감에 빠져 있었다. 마음을 다잡을 요량으로 책이라도 보려고 카이다노프의 교과서를 쳐다보았지만, 눈에 들어오는 건 지루한 글줄과 난해한 문장만이 눈앞에 어른거릴 뿐이었다. 그래도 책에 집중해 볼 수 있을까 싶어 '줄리어스 시저는 군인으로서 뛰어난 용기를 지닌 사람이었다.'라는 구절만 열 번씩 되풀이해서 읽었지만 도통 무슨 말인지 머리에 들어오지가 않아 책을 내동댕이치고 말았다. 점심식사까지 시간이 좀 있어서 나는 계속 포마드를 바르고 플록코트를 입었다 벗었다 하고, 넥타이도 이것저것 골라 매면서 진정되지 않는 마음을 가까스로 다스리려 애썼다.

어머니는 내 방에 들어와 이런 내 모습을 가만히 지켜보더니 급기야 "너 도대체 왜 그러는 거니." 하며 핀잔을 주었다. "네가 무슨 대학생이라도 된 줄 아니. 새 재킷을 사준 지 얼마나 지났다고 그걸 벗고 다른 걸 입고 난리야." 하며 유난스러운 내 차림에 한마디 하셨다.

"우리 집에 처음 오는 손님이잖아요!" 나는 어머니께 짜증 섞인 목소리로 말했다.

"얘가 지금 무슨 소릴 하는 거야. 그치들이 손님은 무슨 손님이야!"

어머니가 이렇게까지 나오실 때는 가만히 꼬리를 내리는 게 상책이었다. 나는 어머니의 꾸중에 별 수 없이 플록코트를 벗고 재킷으로 갈아입었지만 새로 고른 넥타이만은 풀지 않았다. 공작부인과 딸은 약속시간 30분 전에 모습을 드러냈다. 부인은 이미 내게 익숙한 노란 숄에 빨간 리본이 인상적인 둥근 모자를 쓰고 있었다. 부인은 자리에 앉자마자 바로 수표 얘기를 꺼내며 온갖 청승어린 모습을 꾸며 어머니에게 자신들의 처지를 호소했다. 그녀는 염치나 예의 따위는 다 잊었는지 체면도 차리지 않고 애걸복걸하며 사정에 사정을 더하는 것이었다. 그녀는 자기 집에서 하던 대로 담배를 코에 대고 요란하게 냄새를 맡더니 의자를 빙빙 돌리며 제멋대로 엉덩이를 들썩거리며 도통 가만히 있지를 못했다. 한마디로 지금 이 자리에선 공작부인이라기보다는 일수를 꾸러 온 시장 여인네 같았다.

공작부인의 저급한 태도와는 대조적으로 지나이다는 그야말로 공작의 딸답게 침착하고 교양 있게 처신했다. 지나이다의 얼굴에는 냉정하고 엄숙한 표정이 떠나지 않았다. 오늘 보는 그녀는 어제의 명랑한 소녀의 분위기를 전혀 느낄 수 없을 정도로 아주 딴 사람같이 보였다. 지나이다는 하늘색 깃이 인상적인 얇은 비단옷을 입고, 머리는 길게 땋아서 볼 양쪽으로 늘어뜨린 영국식 숙녀의 모습으로 자리에 앉아 있었다.

아버지는 식사 하는 내내 그녀의 옆에서, 자신만의 우아하고 차분한 태도로 친절하게 대접하며 그녀에게 신사의 교양을 펼쳐 보이고 있었다. 이따금 지나이다의 얼굴을 힐끔 곁눈질해 보곤 했는데, 그럴 때마다 그녀도 아버지를 맞대응하는 듯한 태도로 바라보았다. 그럴 때 그녀의 눈길은 거의 적의를 품고 있는 여인처럼 야릇한 느낌이 전해졌다.

식사하는 내내 아버지와 지나이다는 프랑스어로 대화를 했다. 같이 식사를 하면서 들은 지나이다의 프랑스어 발음은 우아하고 세련된 최상급 어휘를 구사하고 있었다. 우리가 잊고 있었던 공작부인은 식사할 때도 여전히 시끄럽고 산만하게 음식 솜씨를 칭찬하며 호들갑스럽게 식사를 했다. 어머니는 그런 공작부인이 귀찮다며 그쪽은 쳐다보지도 않고 특유의 냉소적인 표정으로 공작부인의 물음에 마지못해 대꾸하곤 했다. 물론 아버지도 공작부인의 교양 없는 말투에 가끔씩 미간을 찌푸리며 딴청을 부리곤 했다. 이처럼 대놓고 무시하는 듯한 어머니의 행동이 지나이다도 마음에 안 들기는 마찬가지였다.

지나이다는 식사하는 내내 나에게 전혀 관심을 내비치지 않았다. 식사가 끝나기가 무섭게 부인은 돌아가야겠다고 어머니와 아버지에게 정중하게 인사를 했다.

"앞으로 두 분께서 잘 돌봐주시기만 바랍니다. 마리아 니콜라예브나, 그리고 표트르 바실리예비치." 그녀는 어머니와 아버지를 노래 부르듯이 음율을 섞어 말했다.

"저희가 너무 어려운 처지에 놓여서 어쩔 수 없습니다. 저희도 좋은 시절이 있었지만, 지금은 이렇게 빈털터리가 다 되었네요. 나도 명색이 귀족은 귀족이지만…." 하고 그녀는 옹색한 처지를 허튼 웃음으로 얼버무리며 덧붙였다. "입에 풀칠이라도 해야 명예를 지키지요. 그것도 안 되는데 귀족이 무슨 소용이랍니까!"

아버지는 또다시 수다스럽게 말하는 공작부인의 말을 끊으려는지 아무 말 없이 그녀에게 공손히 인사하고 현관문까지 바래다주었다. 나는 날개를 잃은 잠자리 같은 우스운 복장의 재킷을 입고 사형선고를 기다리는 죄수마냥 대책 없이 그 자리에 서서 바닥만 내려다보고 있었다. 그럴 수밖에 없었던 건 지나이다가 너무나 쌀쌀맞게 나에게 아무런 관심도 보이지 않았기 때문이었다. 그러나 집을 나서면서 그녀도 이런 서운한 내 느낌을 눈치챘는지 내 옆을 지나칠 때는 두 눈에 상냥한 미소를 지으며 재빨리 나에게 속삭였다. 그녀의 앵무새 같은 지저귐에 나는 얼마나 놀랐는지 모른다.

"이따 8시에 우리 집에 오세요. 아셨죠, 꼭 와야 해요."

좋잡을 수 없는 사랑의 규칙

나는 정확하게 8시 정각에 준비해 둔 플록코트를 입고 앞머리를 치켜 올린 머리로 단장한 채 공작부인의 집으로 들어섰다. 나를 본 어제의 그 하인이 내키지 않는 듯한 표정으로 나를 보더니 엉거주춤 일어서서 나를 안내했다. 안내 받아 들어간 응접실에는 언제부터였는지 모르지만 왁자지껄한 소음이 들려왔다. 나는 방문을 열고 들어서자마자 흠칫 놀라 한 발자국 뒤로 물러섰다. 응접실 정 중앙에 놓인 의자 위에 지나이다가 남자 모자를 쓰고 올라서 있었고, 주위를 다섯 남자가 서로 어깨를 부비며 에워싸고 있었다.

지나이다가 놀라서 멈춰 서 있는 나를 발견하자 일행에게 소리를 질렀다.

"잠깐만 쉬었다 합시다. 새 손님이 왔으니까요. 저 사람도 표를 받아야 하잖아요?" 다급하게 말하더니 그녀는 의자에서 껑충 뛰어내려 내 코트의 소매를 붙잡으며 환영의 인사를 했다."자, 어서 오세요. 여러분, 이분을 소개합니다. 이분은 옆집 도련님인 무슈 볼리데마르예요. 그리고 이분은…."

그녀는 나에게 손님들을 한 사람씩 차례로 소개했다. "말레프스키 백작, 이분은 의사 선생인 루신, 그리고 이분은 시인인 마이다노프, 다음 이분은 예비역 대위인 니르마츠키, 그리고 경기병 벨로브조로프, 벨로브조로프는 만나신 적이 있지요. 두 분 사이좋게 지내세요."

나는 어리둥절해 하며 지나이다가 소개한 어느 누구에게도 정식으로 인사를 나누지 못했다. "백작!" 하고 지나이다는 말을 이었다. "무슈 볼리데마르에게 표를 만들어 주세요."

"그건 안 됩니다. 불공평해요." 백작이 불만 섞인 어투로 잔뜩 폴란드 사투리를 섞어 대답했다. 그는 한눈에 봐도 멋지고 사치스러운 옷차림을 한 온몸에 귀족태가 흐르는 사람이었다.

"이 사람은 우리와 한 번도 내기를 하지 않은 사람이잖아요."

"암, 그렇지, 불공평하고말고."

벨로브조로프와 예비역 대위라는 신사가 맞장구를 쳤다. 마흔 살쯤 돼 보이는 대위는 곰보 얼굴에 곱슬머리를 한 볼품없는 차림의 사내였다. 대위라는 데 어깨엔 견장도 없는

군대 예복을 입고 있었다.

"내가 표를 만들라잖아요!"

지나이다가 약간 짜증난 말투로 일행에게 재촉했다.

"내 말에 반기를 든다는 말인가요? 이 사람은 우리와 처음 놀게 되니까 오늘은 이분에게 우리의 규칙을 세우지 말아요. 빨리 내가 하라는 대로 하세요!"

백작은 그녀의 말에 약간 저어하는 표정을 짓고 어깨를 흠칫했으나 잠시 후 공손히 머리를 숙여 보이더니, 반지를 낀 흰 손에 펜을 들고 아무렇게나 종잇조각을 찢어서 내 이름을 적어 넣었다.

"사정이 이렇게 됐으니 볼리데마르 씨에게 설명을 좀 드려야겠습니다."

루신이 마뜩치 않아 하며 빈정대는 말투로 말문을 열었다.

"규칙을 설명드리지 않으면 이분은 우리의 게임이 어떻게 진행되는지 도무지 감을 잡지 못할 테니까요. 여보시오, 친구분. 지금 우리는 내기를 하고 있는 거요. 한마디로 아가씨가 벌을 받게 되면, 제비로 뽑힌 사람이 아가씨 손에 키스할 권리가 주어지는 거요. 내 말 무슨 말인지 알겠지요."

나는 내키지 않는 표정으로 그의 얼굴을 한번 흘낏 쳐다보았다. 여전히 나는 얼빠진 사람마냥 그 자리에 서서 움직이질 않았다. 하지만 일행은 내기에만 몰두한 나머지 내 행동 따위는 신경도 쓰지 않았다. 지나이다는 다시 의자 위로 뛰어올라서 아까처럼 모자를 흔들어댔다. 모두들 지나이다의 모자를 손에 넣기 위해 허공으로 손을 뻗기에 여념이 없었다. 일행의 하는 모양을 흉내내 나도 그들처럼 허공으로 손을 뻗어 모자를 잡기 위해 안간힘을 썼다.

"마이다노프 씨." 그녀는 키가 큰 청년에게 말했다. 그는 가냘픈 얼굴선에 눈은 지독한 근시처럼 보였고, 머리카락이 굉장히 긴 장발 사나이였다.

"당신은 명색이 시인이니까 너그럽게 행동하셔야 해요. 당신의 표를 무슈 볼리데마르한테 주세요. 그러면 저분은 두 번의 기회를 갖게 될 거예요."

지나이다의 부탁에도 불구하고 마이다노프는 그럴 순 없다며 고개를 가로저었다. 이때 기다란 머리카락이 너풀거렸다. 나는 모자 속에 손을 넣어 표를 한 장 집어 펼쳐보았다. 아! 표에는 '키스'라는 두 글자가 선명하게 보였다.

"키스!" 엉겁결에 나는 이렇게 부르짖었다.

"브라보! 이분이 뽑았어요." 지나이다가 내 말을 받았다. 그녀는 의자에서 내려오더니 맑고 달콤한 눈길로 내 얼굴을 빤히 들여다보았다. 그때부터 내 가슴은 주체할 줄을 모르고 격렬하게 두방망이질 치고 있었다.

"어때요, 무슈 볼리데마르 씨, 기분이 날아갈 것 같으세요?"

그녀가 이런 내 마음을 눈치챘는지 짓궂게 물어왔다.

"나 말입니까…?" 나는 딱딱하게 혀가 굳어서 제대로 말도 할 수가 없었다.

"그 표를 나한테 파십시오." 별안간 벨로브조로프가 내 귀가 먹먹해질 정도로 큰 소리로 외쳤다. "1백 루블 드리리라."

내가 대답 대신 분노에 찬 눈초리를 경기병에게 던지는 것을 보고 지나이다는 손뼉을 쳤고, 루신은 "됐어!" 하고 소리를 질렀다.

"하지만." 하고 루신은 내키지 않는다는 투로 말했다.

"나는 모든 것이 규칙대로 시행되도록 감독할 책임이 있습니다. 무슈 볼리데마르, 한쪽 무릎을 꿇고 앉으시오. 모두들 그렇게 하기로 돼 있소."

지나이다는 내 앞에 서서 나의 거동을 보려는 듯이 고개를 삐딱하니 돌려 내 얼굴을 쳐다보더니 거드름을 피우며 한손을 내밀었다. 순간 나는 정신을 차릴 수가 없었다. 그저 눈이 빙글빙글 돌았다. 한쪽 무릎을 털썩 꿇고는 지나이다의 손가락에 몹시도 서투르게 입술을 갖다 댔다. 너무나 서툴게 입맞춤을 하는 바람에 코가 그녀의 손톱에 걸려 살짝 긁히기까지 했다.

"그만!" 하고 루신이 소리치며 나를 붙잡아 일으켰다.

내기놀이는 계속해서 진행되었다. 지나이다는 일행을 일부러 질투나게 하려는지 나를 자기 곁에 앉게 했다.

그녀는 신기할 정도로 사나이들을 골탕 먹이는 방법을 본능적으로 알고 있는 듯했다. 한 번은 그녀가 '입상'이 되어 보여야 했는데, 그녀는 못생긴 니르마츠키를 발판으로 택해 그에게 엎드려서 얼굴을 가슴에 틀어박고 있으라고 명령했다. 니르마츠키가 그대로 하자 좌중에선 웃음소리가 터져 나와 한참 동안 그칠 줄을 몰랐다.

지나이다는 게임의 규칙을 무시하고 계속해서 나에게 우선권을 주어 나를 자기 곁에 쭉 있게 했다. 어떤 놀이에서는 벌칙을 받게 됐는데 나는 그녀와 함께 붙어 앉아서 비달 숄을 뒤집어쓰는 벌을 받았다.

벌칙은 내가 그녀에게 '내 비밀'을 고백하는 것이었다. 지금도 그때의 그녀의 입김을 생생히 느끼고 있다. 우리의 머리는 숄을 뒤집어써서 갑자기 무더운, 그러면서도 투명하고 향긋한 내음에 휩싸여버렸다. 안개 속에서 그녀의 눈은 아주 가까운 곳에서 빛났고, 반쯤 벌어진 입에서는 후끈한 입김을 내뿜으며 가지런한 흰 이가 그대로 드러났다. 그녀의 머리카락은 내 얼굴을 간질이며 날 자연스럽게 달아오르게 만들었다. 그 기분 좋은 혼곤한 느낌을 잠깐이라도 즐기기 위해 나는 가만히 있었다. 그러자 그녀가 야릇한 미소를 지으며 내게 속삭였다. "어때요, 기분이 좋아지죠?" 그 말에 나는 얼굴을 붉히며 외면을 하고 말았다. 그리고 숨 쉬는 것조차 조심스러웠다.

그날 저녁의 우리들의 게임은 세상에서 가장 다채로운 놀이로 이어졌다. 우리는 노래하고, 춤추며, 집시들의 흉내와 함께 피아노를 쳐댔다. 니르마츠키를 곰으로 가장시키고, 소금물까지 먹였다. 말레프스키 백작은 트럼프를 가지고 갖가지 재주를 부려 보이고 나서, 그 트럼프를 모두 뒤섞더니 휘스트(트럼프 놀이의 일종)의 끝수가 높은 트럼프 장을 모조리 자기한테 오게 했다. 거기에 대해 루신은 '그에게 찬사를 드리는 영광'을 가졌다. 마이다노프는 자기가 지은 서사시 〈살육자〉의 한 구절을 낭독했다. 그는 검은 표지에 적색으로 표제를 인쇄하여 출판한다고 했다.

마침내 우리들은 놀이에 나가떨어졌다. 공작부인은 어제의 안 좋은 기억과는 달리 아주 너그러운 분이어서 우리가 아무리 시끄럽게 굴어도 전혀 싫은 내색을 하지 않았다. 그래도 우리가 너무 오랜 시간 시끄럽게 굴었는지 피곤하다며 좀 누워야겠다고 말했다. 놀면서 잠깐 잠깐 밤참이라고 나왔는데, 한마디로 오래되고 질이 안 좋은 음식들이었다. 날짜가 한참 지난 꼬들꼬들한 치즈와 햄을 다져 넣은, 괴상한 피로그(고기만두와 같은 것)만 연신 테이블에 놓였다. 그래도 나는 아무리 재료가 나쁘고 오래된 피로그라 해도 세상 그 어떤 만두보다 피로그가 훨씬 맛있었다. 막간에 포도주도 한 병 딸려 나왔는데 색깔이 붉으죽죽한 것이 쾌쾌한 냄새까지 나서 겨우 한 모금 입에 댔을 뿐이었다. 나는 세상에서 가장 기분 좋은 느낌으로 정신이 몽롱해질 정도로 커다란 행복감에 젖어 별채에서 나왔다. 현관문을 나설 때 지나이다는 내 손을 꼭 잡더니 다시금 그 알 수 없는 이상한 미소를 내게 지어보였다.

나는 뒷문으로 해서 살금살금 발 뒤굼치를 들고 내 방으로 들어갔다. 하인이 잠에서 깨어 나를 보더니, 어머님이 또 화를 내시며 나를 부르러 보내려는 것을 아버님이 말리셨다고 보고했다.(지금까지 나는 어머니에게 밤 인사를 안 드리고, 축복의 말을 듣지 않은 채 잠자리에 들어간 적이 한 번도 없었다.) 그렇지만 오늘은 그럴 수가 없는 밤이었다!

나는 마술에 걸린 사람처럼 오랫동안 의자에서 자리를 떼지 못했다. 오늘 내가 느끼고 맛본 것은 실로 경이롭고 감미로운 세계였다. 나는 조용히 숨을 쉬고 있었다. 이따금 오늘 저녁의 일을 생각하고 소리 없이 웃기도 하고, 내가 사랑에 빠졌나, 라고 생각하며 마음속이 아득해지는 느낌을 받았다. 지나이다의 얼굴이 캄캄한 어둠 속에서 선명하게 보였다. 그 잊히지 않는 미소가 언제까지나 어둠 속을 떠돌고 있었다. 그 입술은 여전히 뜻 모를 미소로 떠올랐고, 그 눈은 내게 무엇을 묻고 싶은 듯이 상냥하게 나를 바라보고 있었다. 조금 전 그녀와 헤어지던 순간의 그 눈길과 똑같은 눈길이었다. 드디어 나는 의자에서 일어나 조용히 침대에 다가가서, 옷도 갈아입지 않고 조심조심 베개에 머리를 얹었다. 마치 거칠게 움직이면 마음속에 가득 찬 감정이 달아나기라도 할까봐….

번민의 밤을 뒤로하고 어김없이 아침은 밝아오고 있었다. 자연의 법칙이 그렇다는 듯 아침노을이 진홍색 옅은 빛으로 나타났고 새벽 내내 번쩍이던 번개도 차츰 빛을 잃었다. 기세 좋게 떠오르는 태양의 기세에 번개는 힘을 잃고 기다랗게 이어지던 섬광도 끊어졌다. 태양의 빛남과 함께 어제의 황홀했던 내 마음속 섬광도 이내 빛을 잃어버렸다. 그 자리로 말할 수 없는 피로와 무서운 정적이 파고들었다. 그래도 이 허전한 마음속을 굳건히 지키고 있는 건 지나이다의 어여쁜 모습뿐이었다. 다만 그 아리따운 자태도 어제와 달리 오늘은 조금 차분해진 느낌이었다. 그 자태는 연못 기슭의 물풀에 숨었다 강물의 중앙으로 나온 백조처럼 나를 둘러싼 모든 흉한 것들에서 저만치 떨어져 나온 모습이었다. 나는 남은 아침잠을 청하기 전에 존경과 믿음을 담은 마음으로 고결한 그녀의 모습에 작별의 입맞춤을 했다.

이튿날 아침, 차라도 한잔 하려고 아래층으로 내려갔더니, 어머니가 나를 보고는 바로 잔소리를 늘어놓았다. 어머니의 잔소리는 내가 예상한 정도를 넘어섰다. 어머니는 시시콜콜 내게 따져물으며 어젯밤에 옆집에서 뭐 그리 재밌는 일이 있었기에 그렇게 늦게 들어왔냐고 물었다. 나는 어머니의 잔소리에 점점 짜증이 밀려와 대충 둘러대고는 어머니가 그 집 사람들에게 나쁜 감정을 갖지 않도록 좋게 얘기를 해주었다. 그러거나 말거나 어머니의 진단은 한마디로 그 집엔 얼씬도 말라는 것이었다.

"그러니까 내 말은 아무리 좋게 보려고 해도 그 집 사람들은 점잖은 사람들은 아니라는 거야. 그러니 너도 그런 집에 자꾸 가서 시간만 죽이지 말고 시험공부나 열심히 해."

어머니가 내게 하는 걱정은 대략 이 정도로 몇 마디 하고는 끝날 거라고 예상하고 있었기 때문에 그렇게 마음을 쓰진 않았다. 그러나 어머니의 잔소리를 들으며 차를 다 마시고 난 뒤 아버지가 정원으로 나를 데리고 가서 자세킨의 집에서 있었던 일을 물어볼 때는 내 진심을 담아 아버지에게 말씀드렸다.

아버지는 나에게 정신적인 영향을 주고 계신 분이었다. 아버지는 내가 어떻게 공부하는지 따위는 그리 관심이 없는 것 같았지만 다른 측면에서 나에게 진짜 교육을 시켜주고 있었다. 무엇보다 아버지는 나의 자유를 존중해서 어떨 때는 아들인 나에게 공손하게 대하기도 했다.

이런 아버지를 나는 좋아하고 아버지에게 매혹되어 있었다. 남자로서 아버지는 거의 완벽에 가까운 사람이었다. 나는 얼마나 열정적으로 아버지를 따르며 진심으로 아버지를 존경했던가! 아버지는 마음만 먹으면 한두 마디 말이나 간단한 손짓 하나로도 순식간에 나에게 커다란 믿음을 주었다. 그럴 때면 아버지는 내 영혼의 문을 열고 마음껏 자신의 의견을 피력했고, 그때마다 나는 대단한 스승을 만난 것처럼 아버지에게 진심을 담아 얘기를 하곤 했다. 물론 내키지 않으면 아버지는 자신만의 근사한 방식으로 나를 저만치 내밀어 거리를 두곤 했다.

아버지는 가끔 기분이 좋아지실 때가 있는데, 그때마다 어린애처럼 내게 장난을 걸고 같이 뜀박질을 하곤 했다. 무엇보다 아버지는 운동을 할 때는 몹시 과격하게 몸을 쓰시는 편이었다. 언젠가 아버지는 내가 뭐라고 할 수 없을 만큼 부드럽고 상냥하게 나를 어루만져 준 일이 있었다. 물론 그것이 마지막이라는 게 좀 유감스럽긴 했지만. 아버지의 지나친 사랑에 나는 그만 울 뻔 했다. 그러다가 아버지는 갑자기 그 부드러운 낯빛을 거두더니 이내 예의 부자지간처럼 딱딱한 사람으로 변했다. 아버지는 늘 내 마음을 속속들이 알고 있다는 듯 지나가다 말고 내 뺨을 어루만져 주다가도 언제 그랬냐는 듯이 훌쩍 가버리곤 했다. 그도 아니면 아버지만의 이상한 태도로 바로 얼음처럼 냉랭해져 버렸다. 그러면 나도 어쩔 수 없이 이내 마음속이 얼음장처럼 차갑게 식어버리고 만다.

언젠가 아버지는 내게 이런 말을 해주었다.

"자신의 영향력이 미치는 것들은 자신이 차지해야 되는 거야. 그걸 다른 사람에게 넘겨선 안 돼. 무엇보다 자신은 자신이 가장 잘할 수 있는 사람이 돼야 해. 인생의 묘미란 그런 데 있는 거야."

아버지는 누구보다도 삶을 즐기려 했다. 그리고 자신의 소신대로 마음껏 삶을 즐겼다. 어쩌면 아버지는 자신이 그리 오래 인생을 즐길 수 없으리라는 것을 예감하고 있었는지도 모른다. 아버지는 나와는 짧은 시간을 함께 보내고는 마흔 두 살의 나이에 세상을 떠나고 말았다.

나는 자세킨의 집에서 있었던 일에 대해서 아버지에게 자세히 말했다. 아버지는 내 얘기를 들으면서 벤치에 앉아 모래에다 채찍으로 뭔가를 끼적거리기도 하고, 귓전으로 그냥 흘려듣기도 하면서 내 말에 다양한 반응을 보였다. 간혹 마음에 드는 말을 들으면 웃음을 섞으며 내게 짧은 농담이라도 하려는 듯 내 말에 농담 섞인 반응을 보이기도 했다. 처음 말문을 열 땐 지나이다라는 이름조차 말할 용기를 내지 못했지만 점차 말이 많아지면서 자연스럽게 그녀에 대해서 늘어놓기 시작했다. 내 말에 솔깃해지셨는지 아버지는 연신 입가에 미소를 잃지 않으셨다. 내 말을 계속 듣던 아버지는 잠시 생각에 잠기신 듯 가만히 계시다가 이내 기지개를 켜고 자리를 뜨셨다.

나는 아버지가 벤치로 나올 때, 말에 안장을 올려놓는 것을 보았다. 아버지는 훌륭한 기마 선수여서 능수능란하게 말을 다룰 줄 알았다. 하지만 말을 타고 가실 것 같지는 않았다.

"아버지, 나도 함께 가면 안 돼요?"

그러자 아버지는 이내 "안 돼." 하고 단호하게 답하셨다. 역시 아버지의 표정은 상냥하지만 무관심한 표정을 띠고 있었다. 얼굴에는 여느 때와 같이 상냥하기는 하나 무관심한 표정이 떠올랐다. "가고 싶으면 혼자 가라. 그리고 마부한테 나는 말이 필요 없다고 말하렴."

아버지는 그렇게 나에게 이르고는 이내 등을 돌려 빠른 걸음으로 걸어가 버렸다. 아버지는 옆집에서 오랜 시간을 머무르지 않았다. 그리고 곧 시내로 갔다가 저녁녘이 돼서 집으로 돌아왔다.

점심을 먹은 뒤 나는 옆집으로 갔다. 응접실로 갔더니 공작부인이 혼자 앉아서 뜨개질을 하고 있었다. 그녀는 내가 들어오는 것을 보자, 뜨개바늘을 모자 속에 넣고는 곤란한 표정을 지으며 슬쩍 진정서를 한 장 써줄 수 없겠냐고 물었다.

"써 드리지요, 부인." 나는 부인 옆의 의자 귀퉁이에 앉으며 대답했다.

"수고스럽겠지만 글씨는 되도록 큼직큼직하게 써 줘요." 누런색 종이를 내밀며 공작부인은 부담스러운 부탁도 덧붙였다. "그리고 가급적 오늘 안으로 써 주세요."

"네, 오늘 안으로 써 드리도록 하겠습니다."

잠깐 동안 옆방으로 통하는 문이 조금 열리더니 지나이다의 얼굴이 살짝 드러났다. 어제의 쾌활했던 모습과는 달리 오늘은 핼쑥한 얼굴에 수심이 가득 담겨 있었다. 그녀는 아무렇게나 뒤로 쓸어 넘긴 머리를 하고 차가운 눈으로 잠시 나를 바라보더니 이내 문을 닫았다.

"지나이다, 얘 지나이다!" 공작부인이 다급하게 불렀다.

하지만 부인의 부름에도 지나이다는 알은 체도 하지 않았다. 나는 부인의 진정서를 쓰느라 그 집에서 저녁 내내 붙어 앉아 있었다.

사랑하는 이에게서 벗어날 수 없는 밀랍인형

지나이다를 향한 외로운 내 사랑은 그날부터 시작되었다. 지금도 그때를 생각하면, 나는 마치 직장에 새로 들어간 신입사원이 된 느낌이었다. 그때 나는 세상물정 모르는 소년이 아니라, 사랑이라는 무모한 목표를 향해 나아가는 대책 없는 사나이가 되었던 것이다. 나는 그날부터 미친 사랑이 몰고 온 괴로움과 설렘의 시간이 끝도 없이 지속되었다.

지나이다만 집에 없으면 나는 바로 축 처져 머릿속이 텅 비어버렸고, 어떤 일도 손에 잡히지 않았다. 그때부터 하루도 빠짐없이 낮밤을 가리지 않고 오로지 지나이다 생각밖에 없었다. 나는 극심한 우울감에서 헤어 나오지 못했다. 그러나 그녀가 옆에 있어도 무기력하기는 마찬가지였다. 나는 하루에도 몇 번씩 내 보잘것없음을 한탄하거나, 갑자기 심술이 나거나, 공연히 짜증이 나곤 했다. 그러다가도 그녀만 보면 노예처럼 굽실거리곤 했다. 나로서는 어쩌지 못하는 이상한 기운이 자꾸만 나를 그녀에게로 몰두하게 했다. 이런 내가 한없이 한심해 보이다가도 어떤 때는 이런 게 바로 행복이 아니냐며 홀로 행복감에 젖기도 했다. 그럴 때면 좀 더 용기를 내 그녀의 방문턱을 넘어서곤 했다. 지나이다도 내가 그녀를 사랑한다는 것을 곧 눈치 채고는 일부러 숨기려고도 하지 않았다. 아마도 그녀는 이런 내가 무척 재미있는 모양이었다. 그래서 나를 볼 때마다 나를 달랬다가 바로 놀리다가 어떨 때는 괴롭히기도 했다. 지나이다는 자신이 다른 사람의 환희의 대상이고 비애의 원천이라는 것을 무척 자랑스러워하고 즐거워하는 눈치였다. 좀 더 비약하면 이런 나에게 절대적인 힘을 가진 사람이 자신이라고 자부하는 것 같았다. 자꾸만 나는 지나이다만 바라보며 그녀의 손아귀에서 벗어날 수 없는 밀랍인형 같은 존재가 되어 가고 있었다.

물론 이렇게 맹목적으로 지나이다를 연모하는 사람이 나 혼자만은 아니었다. 지나이다의 집에 오는 모든 사내들은 다 그녀에게 반쯤 넋이 나가 있었다. 그녀는 그들을 하나의 밧줄로 꽁꽁 묶어 자신을 시중들게 했다. 사나이들의 주인이 된 지나이다는 그들에게 때로는 희망을, 대부분은 불안을 심어주며 아주 편하게 그들을 조종했다. 그녀가 쓰는 가장 유효한 방법은 저희들끼리 그녀를 놓고 서로 치열하게 싸우게 하는 것이었다. 그녀의 조종에 그들은 손 한 번 쓰지 못하고 그저 막무가내로 당하고 말았다. 아니 일부러 당하고 싶었는지도 몰랐다.

지나이다가 조종하고 있는 그 끝없는 복종의 사나이들은 사실 그녀에겐 한 사람 한 사람 다 나름의 필요가 있는 사람들이었다.

지나이다가 '나의 장군'이라고도 부르고 '내 사람'이라고도 부르는 벨로브조로프는 그녀를 위해서라면 지옥불에라도 뛰어들 수 있는 맹목적인 사람이었다. 재능이나 지식이 턱없이 모자라는 그는 하루가 멀다 하고 그녀에게 청혼을 하면서, 다른 사람들은 그저 말로만 그녀를 좋아한다며 은근히 남들은 비꼬고 자신은 자랑하는 위인이었다.

마이다노프는 그녀의 영혼을 울리는 시 한편으로 그녀에게 다가서려 하는 인물이었다. 예의 그 문학도답게 그는 냉정한 성격의 소유자였지만, 성격에 맞지 않게 그녀에 대해서만큼은 순정적으로 아주 열렬히 사모하노라고 맹세하고 있는 시인이었다. 그는 셀 수 없이 많은 시들로 그녀를 향한 찬미시를 남발하며, 아주 어설프지만 한없이 감격어린 말투로 그녀에게 자신의 시를 낭독하곤 했다. 이때마다 그녀는 그를 동정하는 마음으로, 또는 비웃는 심정으로 안쓰럽게 대하곤 했다. 그녀는 그의 시를 그리 좋은 시라고 생각하지 않았으므로, 진심을 전하는 그의 시를 실컷 듣고는 언제나 푸슈킨의 시를 다시 읽어달라고 했다. 지나이다의 말을 빌리자면 그렇게 하는 것이 집안의 탁한 공기를 정화하는 훌륭한 방법이라는 것이었다.

루신은 노골적으로 상대방을 비웃고 빈정거리기를 잘하

는 의사로, 누구보다도 지나이다의 됨됨이를 잘 알고 있었다. 그는 그녀가 있든 없든 아무데서나 함부로 그녀를 욕했는데, 그런 만큼 다른 어떤 사내보다도 그녀를 진심으로 사랑하고 있었다. 무엇보다 앞서 두 사람과는 달리 그녀는 루신을 존경하고 있었지만, 그렇다고 해서 여느 사람보다 그를 더 각별하게 생각하지는 않았다. 그녀는 루신에게 때때로 심술궂은 만족감을 드러내며, '너도 내 손 안에 든 사내에 불과하잖아' 하는 느낌을 그가 갖도록 비아냥거릴 때가 있었다.

언젠가 그녀는 내가 있는 자리에서 그에게 말했다.

"난 누구를 좋아할 수가 없는 나쁜 여자에요. 본디 연기자의 기질을 타고난 여자죠. 한번 시험해 보시겠어요? 여기 손을 내밀어보세요. 내가 그 손에 바늘로 찔러 피가 나도록 해드릴 테니까요. 그러면 당신은 이 젊은 여자에게 부끄럽다는 생각이 들겠지요. 물론 아프기도 하구요. 그렇더라도 당신은 무척 착한 사람이니까 아파도 내 앞에선 웃으실 거예요."

루신은 그녀의 당돌한 제안에 붉어진 얼굴을 옆으로 돌리면서 그녀 몰래 입술을 깨물었지만, 마지못해 그녀에게 손을 내밀지 않는가. 그녀는 자신이 말한 대로 그 손을 바늘로 콕 찔렀고, 그녀의 장담대로 그는 슬며시 웃음을 보였다. 그러자 그녀는 의사의 눈을 가만히 쳐다보더니 갑자기 깔깔거리고 웃어댔다.

나로서는 짐작할 수가 없는 관계가 지나이다와 말레프스키 백작의 관계였다. 백작은 물론 잘생겼고 말솜씨도 좋은 영리한 사람이었지만, 뭔가 수상하고 사기꾼 같은 느낌이 열여섯 살 소년의 눈에도 눈채 챌 수 있을 정도였다.

어린 나도 그런 느낌을 받았는데, 지나이다가 그것을 깨닫지 못한다는 게 더 의아했다. 어쩌면 그녀도 사내의 엉터리 같은 구석을 알고 있으면서도 그 점을 별로 싫어하지 않았는지도 모른다. 아마도 제대로 받지 못한 교육과 또래답지 않은 이상한 교제, 옆에서 떠나질 않는 어머니, 가정의 불행, 남보다 자신이 낫다는 비뚤어진 자부심 같은 것들이 그녀를 남에 대해 경멸하게 하고 무관심하게 대하도록 만들었는지도 모른다.

나는 가끔 내 몸의 피가 한꺼번에 머릿속으로 치밀어 오르는 억누를 수 없는 못마땅한 기분을 느낄 때가 있었다. 가령 말레프스키 백작이 교활하게 그녀에게 다가가 여우 같은 태도로 그녀의 의자 뒤에서 아첨하는 듯한 미소로 그녀 귀에 속닥거리고, 그녀는 그런 그에게 가슴에 손을 얹고는 찬찬히 바라보면서 은은한 미소를 지으며 고개를 주억거릴 때면 정말 견딜 수 없는 기분이 들곤 했다.

언젠가 나는 그녀에게 한심하다는 듯이 말했다.

"말레프스키 같은 사람을 집에 자주 오도록 하다니, 당신도 참 어지간하군요."

"보기엔 어떨지 몰라도, 그분은 정말 멋진 수염을 기른 신사이지 않나요?" 하고 그녀는 대꾸하면서 "당신이 참견할 문제가 아니죠."라는 말도 빼놓지 않았다.

언젠가 그녀는 이런 말도 했다.

"혹시 내가 그분을 사랑한다고 당신이 생각할 수도 있겠지만…. 그런 건 아니에요. 나는 내가 높은 위치에서 다루어야 하는 그런 사람을 사랑할 수는 없어요. 그보다는 어떻게든 나를 옴짝달싹 못하게 정복할 수 있는 사내여야 하거든요. 그래도 난 어느 누구의 영향도 받지 않는 사람이 될 거에요. 분명히!"

"그렇다면 결국 당신은 아무도 사랑할 수 없겠군요?"

"그럴지도 모르죠. 하지만 지금 나는 당신을 사랑할 수 있지 않을까요?”

그렇게 내 마음을 잠깐 흔들더니 그녀는 장갑 끝으로 내 콧잔등을 두드렸다.

그렇지 않아도 그녀는 3주일 동안 실컷 나를 희롱했다. 하루도 빼놓지 않고 그녀를 만났지만, 언제나 그녀는 자신만의 방법으로 나를 골려 주곤 했다. 그녀는 우리 집에 와서는 갑자기 의젓한 사교계 아가씨로 돌변했지만 그런 일은 그렇게 많지 않았다. 그녀는 우리 집엔 거의 오지 않았기 때문이다. 무엇보다 어머니의 눈에는 지나이다가 그리 좋은 아가씨로 보이지 않았다. 그래서 늘 나쁜 감정을 품고 증오의 눈으로 지나이다를 대했다. 물론 아버지는 그리 까다로운 존재가 아니었다. 아버지는 늘 그러는 것처럼 지나이다와 나의 관계에 대해 대수롭지 않게 생각하는 것 같았다.

나는 지나이다의 집에 다녀온 이후부터 공부고 뭐고 다 그만두고 말았다. 평소 하던 교외로 산책을 나가거나 말을 달려서 멀리까지 경마를 하곤 하던 일도 중단해버렸다. 마치 우리에 가둬둔 애완동물마냥 나는 옆 집 별채 주위를 끊임없이 서성거리고 있었다. 집에서 불러도, 어머니가 좀 보자고 해도 나는 막무가내로 별채에서 나오고 싶지 않았다.

그럴수록 어머니의 잔소리는 점점 더 심해만 갔고, 가끔은 지나이다가 쫓아내서 어쩔 수 없이 내키지 않는 발걸음을 집으로 옮기곤 했다.

피치 못하게 집에 있는 날에는 나는 꼼짝 않고 내 방에 틀어박혀 있거나, 별채가 가장 잘 보이는 정원 벽에 가서 석조 온실이 무너진 곳을 찾아 그곳으로 겨우 올라가서는 큰길로 향한 벽에 가만히 앉아서 멍청하게 길가만 내다보곤 했다.

집 벽에서 거리를 우두커니 내다보면 먼지를 잔뜩 뒤집어쓴 쐐기풀 위로 하얀 나비 몇 마리가 평화롭게 날개를 팔랑이며 날아다니고 있었다. 간혹 날쌘 참새가 깨어진 붉은 벽돌 위에 앉아서 연신 앞뒤로 까딱이며 내 신경을 자극하는 소리를 짹짹거리며 내지르고 있었다.

그렇게 세상은 평화롭고 아무 일 없었다는 듯이 평범한 일상이 흘러가고 있어도, 언제부턴가 내 마음속으로 스며든 하나의 대상만이 내 모든 것을 차지하고 있었다. 그것은 세상 모든 것을 하나의 이름으로 부를 수밖에 없는 대상, 바로 지나이다라는 여신(女神)이었다.

나에겐 천상의 존재가 돼버린 그 여신은 흡사 고양이가 쥐를 가지고 놀듯 나를 가지고 자기 맘대로 희롱하고 다녔다. 그녀가 내게 촉촉한 눈빛을 보내면 나는 그만 어쩔 줄 몰라 흥분해서 녹아났고, 그러다 갑자기 냉정하게 토라져버리면 나는 그만 그녀를 바라볼 수도 없는 참담한 기분이 되고 말았다.

그녀는 나의 여신으로 등극한 이후 며칠을 두고 나를 몰인정하게 대한 적이 있었다. 그때 나는 세상에서 가장 무서운 존재에게 체벌이라도 당한 듯 벌벌 떨며 나의 유일한 보호자였던 공작부인 곁에 자석처럼 딱 붙어 떨어지지 않으려고 하였다. 공교롭게도 그 무렵엔 부인도 수표 사건이 원하는 대로 처리되지 않아 경찰관과 볼썽사나운 싸움에 휘말리는 등 워낙 기분이 안 좋아 늘 집안에 대고 고함만 치던 때였다.

사랑하지 않을 수 없기 때문에

어느 날 나는 거리로 나가며 땅만 보고 걷다가 지나이다와 마주쳤다. 그녀는 당시 무슨 일인지 모르지만 땅에 두 손을 짚고는 한 발짝도 움직이지 않았다. 그런 그녀가 살짝 무서워 나는 그녀에게서 슬쩍 물러나서 가려고 했지만 그녀가 갑자가 얼굴을 돌려 나에게 명령하는 게 아닌가. 그녀의 손짓 명령에 나는 그 자리에 멈춰 서고 말았다. 처음엔 그녀의 손짓이 뭘 하라는 건지 알 수가 없었다. 그러자 그녀는 같은 동작을 되풀이했다. 그녀의 손짓이 무슨 의미인지 몰라 멀뚱하니 길가에 무릎을 꿇었다. 가까이서 그녀의 얼굴을 보니 너무나 야위었고 피곤한 빛이 역력했다. 그렇게 슬픈 표정을 짓는 그녀는 처음 대하는 터라 나는 가슴이 터질 것만 같았다. 나도 모르게 엉겁결에 "지나, 무슨 일 있어요?" 하고 묻고 말았다.

지나이다는 이름 모를 풀을 하나 뜯어서 이빨로 씹더니 곧 입에서 풀을 빼 홱 던져버렸다. 세상이 뜻대로 되지 않는다는 듯 심드렁한 표정을 짓더니 그녀가 한참 만에 나에게 물었다.

"당신은 진심으로 절 사랑하는 거지요? 그렇지요?"

나는 대답할 필요를 못 느껴 그저 그녀의 눈만 바라보며 가만히 있었다.

"그래요?" 그녀는 아무 말 없이 한참을 나를 바라보더니 의미를 알 수 없는 말을 뇌까렸다.

"그럴 거예요. 그 눈과 똑같이 생긴 눈이었어요…." 그녀는 알 듯 모를 듯한 말을 덧붙이더니 별안간 수양버들보다 더 가는 손으로 자그마한 얼굴을 가렸다. 그러더니 "난 이제 모든 게 다 싫어졌어. 정말 이 세상이 지긋지긋해." 하고 절망적인 표정을 지으며 아무렇게나 내뱉어버렸다.

"난 정말 이 일을 어떻게 해야 할지 모르겠어요. 나 같은 어린 애가 이런 일을 수습할 수가 있겠어요? 내 인생에 기다리고 있는 건 어두운 절망뿐이야! 아, 정말 괴로워서 못 살 것 같아!"

"무슨 일 있으세요, 지나?" 나는 그녀의 세상 다 놓은 듯한 그 말에 금세 겁을 먹고 우물거리며 물었다.

지나이다는 어깨만 움츠렸다. 나는 한참을 무릎을 꿇고 슬픈 마음을 억누르며 안타깝게 그녀를 지켜보았다. 가녀리게 떨며 겨우 입 밖으로 내는 그녀의 말 한마디 한마디가 가슴에 멍울을 남겼다. 나는 지금 그녀를 위로하기 위해서라면 무슨 일이든 다 해야만 했다.

주위는 푸른빛으로 물들었고, 바람은 산들거리며 기분 좋게 흔들리고 있었지만 어디선가 구슬피 우는 비둘기의 울음소리에 지나이다의 주위는 더욱 처연해지는 기분이었다. 모든 게 다 슬프기만 했다.

오랜 정적을 깨고 지나이다가 "나에게 무슨 시라도 읊어주세요."라고 말하자 나는 비로소 그녀를 쳐다볼 수 있었다. "난 당신이 시를 낭독해 줄 때가 좋아요. 당신의 읊조림은 흡사 노랫소리처럼 나를 기분 좋게 해요. 그건 당신이 젊다는 뜻이겠지요. 〈그루지아의 언덕에서〉를 읊어주세요. 여기 편히 앉아서 읊어주세요."

나는 지나이다 옆에 앉아서 가만히 〈그루지아의 언덕에서〉를 낮은 목소리로 읊었다.

"사랑하지 않을 수 없기 때문에…." 지나이다는 자꾸 이 구절만 되풀이해서 읽어달라고 했다. "시는 이래서 좋다니까요. 세상에 없는 걸 시는 말해 주죠. 실제로 일어나는 일보다 더 훌륭하면서도 진실에 가까운 명언을 말해 주죠. 맞아요, 우리는 사랑하지 않을 수 없기 때문에 / 사랑하고 싶지 않다고 생각해도 사랑하지 않을 수가 없어요!"

그녀는 시 구절을 인용해 마음의 그림자를 지우더니 다시 입을 다물었다. 그러다 갑자기 벌떡 일어났다. "자, 이제 우리 집으로 가요. 지금 집에 마이다노프가 와 있어요. 자신의 장편시를 어머니에게 드리려고 와 있어요. 내가 너무 우

울해서 그의 시도 그냥 놓고 될 대로 되라는 식으로 그만 나와 버렸어요. 마이다노프도 무척 풀이 죽어 있겠죠. 그러나 저도 어쩔 수 없어요! 언젠가는 당신도 알 수밖에 없겠지만, 오늘만큼은 나에게 아무 말 하지 말아 줘요!"

지나이다는 머뭇거리는 나를 재촉하며 내 손을 잡고 힘차게 걸어갔다. 우리는 의기양양하게 별채로 들어섰다. 우리를 보자 마이다노프는 얼굴에 화색이 돌며 엊그제 출판된 자신의 시집에서 〈살육자〉를 낭독하기 시작했다. 물론 나는 그의 낭독에 별 관심이 없었다. 그는 우리가 온 것이 자신을 응원하기 위해 온 줄 착각하고, 있는 힘껏 감정을 잡고 목청을 돋우며 장단조의 시를 읊어대기 시작했다. 너무 목에 힘이 들어간 나머지 그의 시낭송은 공연히 커다란 소음으로 변하고 말았다. 뒤죽박죽이 된 각운이 수십 개의 작은 파편들이 한꺼번에 울리듯 찢어지는 소리만 내고 있었다. 그러거나 말거나 나는 지나이다의 얼굴만 뚫어지게 쳐다보며 그녀가 내게 했던 마지막 말이 무얼 의미하는지를 헤아리려 머리를 싸매고 있었다.

혹시 내가 짐작할 수 없는 연적이 있지 않을까. 그래서 그 녀석이 뜻밖에 지나이다의 마음을 훔친 건 아닐까?

나만의 생각에 몰두해 잠깐 딴 데로 정신이 팔린 사이, 갑자기 마이다노프의 코 막힌 소리가 허공을 가로질렀다. 그 순간 내 눈은 그녀의 눈과 마주쳤다. 그녀는 무슨 해괴한 소리냐는 불쾌한 표정을 지으며 얼굴이 붉어졌다. 그녀의 벌겋게 상기된 얼굴을 보자 내 마음이 다 조마조마했다. 이미 오래전부터 그녀를 질투하고 있었지만, 순간적으로 나는 그녀가 누군가를 사랑하고 있다는 것을 직감했다.

'아, 이를 어쩐단 말인가? 지나이다가 사랑에 빠졌어!'

내 사랑의 번민

내 사랑의 번민은 그 순간부터 일렁이기 시작했다. 며칠 밤낮을 고민하며 이런 저런 생각에 골몰해 보고 다시 또 생각을 고쳐먹고 그녀에 대해 생각해보아도 뾰족한 수가 나오지 않았다. 그저 그런 티를 내지 않으면서 지나이다를 계속해서 관찰할 뿐이었다. 내가 세심하게 관찰의 눈길로 그녀를 살펴보자 비로소 그녀에게 변화의 조짐이 감지됐다. 그것은 명백한 변화였다. 무엇보다 전과 분명히 달라진 변화는 그녀가 혼자서 산책하고 돌아오는 시간이 무척 길어졌다는 것이다. 또 다른 변화는 방안에 틀어박혀 있는 시간이 점점 길어졌다는 것이다. 어떤 때는 손님이 와도 내다보지도 않고 오랜 시간 자신의 방에서 꿈쩍도 않고 있었다. 그때마다 나는 지나이다가 왜 그럴까? 하고 생각이 꼬리에 꼬리를 물고 이어졌다. 그런 오랜 관찰의 결과는 어느 날 갑자기 내가 뛰어난 통찰력을 지니게 되었다는 점이다. 물론 나 혼자만의 착각일 수도 있지만.

'저 사람을 좋아하는 걸까?', '아니면 저 사내가 아닐까?' 지나이다를 사모하는 사내들을 일일이 손꼽아보며 나는 하나의 가능성도 놓치지 않고 그녀가 사모하는 사나이를 유추해보곤 했다. 지금으로선 그 누구보다도 말레프스키 백작이 가장 유력한 지나이다의 연인으로 점쳐졌다. 물론 이렇게 인정한다는 것 자체가 지나이다에겐 수치스러운 일이기는 했다.

그러나 내 딴에는 나름 예리하고 섬세한 관찰력이라고 자부했던 내 관찰력은 내 발바닥조차 들여다보지 못한 듯했고, 그 누구라도 바로 알아차릴 수 있을 정도로 어설펐다.

누구보다도 의사인 루신이 내 속셈을 손바닥 들여다보듯 그대로 알아챘다는 것이 어느 날 드러나고 말았다. 물론 루신도 요즘 태도가 수상쩍긴 마찬가지였다. 이전보다 훨씬 얼굴이 수척해졌고, 곧잘 웃곤 하던 그 웃음소리가 독기 품은 웃음처럼 표독스러워지기까지 했다. 평소 그가 즐겨 했던 가벼운 풍자나 노골적인 야유는 어느 날부터 신경질적으로 날카로워졌다.

"여보게, 젊은 사람이 무슨 할 일이 없어 밤낮 이런 델 드나드는 겐가?" 어느 날 자세킨의 집 응접실에 루신과 단둘이 남게 됐을 때 그가 심드렁한 말투로 말했다. 지나이다는 산책을 나가서 아직 오지 않았고, 공작부인은 뭐가 그리 못마땅한지 버럭버럭 고함치는 소리만 들려오던 어느 어수선한 밤이었다.

"자네처럼 젊은 나이엔 열심히 공부도 하고 집안일도 도와야 하지 않겠나. 그런데 하루가 멀다하고 이 집 구석을 제 집 드나들 듯이 쏘다닌단 말인가?"

"제가 집에서 공부를 하는지 일을 하는지 당신이 어떻게 알지요?" 물론 그때 내 말투에 어린애다운 허세가 묻어난 건 사실이었지만, 그래도 루신의 말에 마뜩치 않은 건 어쩔 수 없는 일이었다.

"공부는 무슨 공부! 온통 정신은 여자한테 팔려 갔고 말이야. 그래도 자네 나이엔 그러는 것이 당연하긴 하지. 그렇지만 자넨 여자를 고르는 덴 영 젬병인 것 같아. 이 집 구석이 어떤 구석인지 알고나 덤비는가?"

"도대체 무슨 말을 하는지 이해할 수가 없군요." 나는 의사에게 따지듯이 물었다.

"이해할 수가 없다고? 그렇다면 더욱 상태가 안 좋은 거지. 난 어른으로서 젊은이인 자네한테 이 말은 꼭 해줄 필요가 있다고 생각하네. 이 집에 드나드는 놈팽이 독신자 놈들이야 이런 데 와도 별 상관없지. 우리들은 쓴맛 단맛 다 본 인생이라 그리 겁날 게 없지. 하지만 자넨 아직 머리에 피도 안 마른 하룻강아지에 불과하지. 강아지한테 이 집 공기는 너무 위험하단 말이야. 내 말을 명심해 두게. 자칫 잘못하면 자네에게 나쁜 기운이 전염될 수도 있어."

"그건 또 무슨 말씀입니까?"

"이봐, 젊은이." 의사는 의미심장한 표정으로 누가 들어도 기분이 좋을 리 없는 말을 했다.

"자네는 아무도 모르게 남을 넘겨짚을 수 있는 능력이 있다고 생각하나 본대, 유감스럽게도 자네 얼굴에 무슨 생각을 하는지 모조리 적혀 있다네. 물론 나도 자네에게 이러쿵저러쿵 충고할 입장은 못 되지만 말이야. 나만 해도(이 대목에서 의사는 얼굴을 찡그리며 이를 악물었다) 미친놈이 아니라면 어떻게 이런 데 와서 이렇게 한심하게 시간을 낭비하는지 나도 모를 지경이지만. 그래도 걱정이 되는 건 자네같이 장래가 촉망되는 똑똑한 젊은이가 자기 옆집에서 무슨 일이 일어나고 있는지 감을 못 잡고 있다니 원."

"대체 무슨 일이 일어나고 있다는 겁니까?" 나는 그의 말끝을 가로채며 신경을 날카롭게 곤두세웠다.

"모르겠다니 더 말할 필요는 없겠고, 거듭 말하지만, 이 집은 자네에게 좋은 데가 못돼. 그냥 재미있는 데라고나 할까. 그래도 이런 집에선 오래 있는 게 아니라네. 온실 속에도 좋은 향기가 나는 꽃들은 많지만 아주 싱싱하고 건강한 화초를 기대하기는 어렵지. 여보게, 더 이상 이런 데서 헤매지 말고 그럴 시간 있으면 가이다노프의 교과서나 한 번 더 들여다보게!" 얼마 후 공작부인이 들어와서, 의사에게 치통이 심해 뭘 먹을 수 없다며 이빨 치료 좀 해달라고 부탁을 했다.

조금 뒤 지나이다가 나타났다. 그러자 공작부인은 다짜고짜 의사에게 "의사 선생, 저 얘 좀 뭐라고 나무라세요. 온종일 얼음물을 입에 달고 살아요. 안 그래도 가슴이 약한 애가 그렇게 찬물만 먹고 다니면 안 나던 탈도 도지겠어요." 하며 의사를 난처하게 만들었다.

루신이 물었다.

"왜 그렇게 얼음물만 먹지요?"

"그러면 뭐 안 되기라도 하나요?"

"안 될 게 있냐고요? 감기에 걸려서 죽을 수도 있어요."

"정말요? 그거 좋겠네요. 전 감기에 걸려서 죽고 싶어요! 정말이에요."

"원, 저런!" 하고 의사가 탄식을 했다.

"원, 저런?" 지나이다가 의사의 말을 따라 했다.

"산다는 게 그렇게 재미있나요? 주위를 한번 둘러보세요. 뭐 그리 신나는 게 있나요? 당신은 그저 얼음물만 마셔대는 내가 아무 것도 모르는 한심한 처녀라고 생각하시죠? 그래요. 나는 얼음물을 마시는 게 정말 좋아요. 얼음물을 마실 때 순간적으로 가슴속까지 시원해지거든요. 인생에 그만큼 시원한 일도 별로 없잖아요. 난 이제 행복이니 뭐니 그런 고상한 것들은 입에도 담기 싫어요."

"당신에겐 변덕과 고집, 이 두 마디면 충분합니다. 이 두 마디에 당신의 모든 게 들어있지요."

지나이다는 의사의 말에 고개까지 뒤로 젖히며 미친 듯이 웃어댔다.

"의사 선생님. 당신의 진찰은 틀렸어요. 한마디로 시대에 뒤떨어졌죠. 세상을 잘 보시려면 잘 보이는 안경이라도 쓰시지요. 난 지금 한가하게 세상 탓할 시간도 없답니다. 그저 당신들을 놀려주거나 내 스스로 바보짓을 해서 이 따분한 세상을 잊어버리려는 거죠. 물론 그런 게 다 무슨 소용 있겠어요. 그리고 내가 고집을 부린다고요. 고집은 무슨 고집? 무슈 볼리데마르…." 하고 지나이다는 돌연 나를 돌아보며 안타까운 표정으로 말했다. "제발 날 보고 우울하게 있지 말아요. 세상에서 가장 싫은 게 남한테 동정 받는 거예요." 그녀는 신경질적인 목소리로 이렇게 내뱉고는 총총걸음으로 응접실을 나가버렸다.

"역시 자네한텐 이런 분위기는 정말 해롭단 말이야." 루신은 또 한 번 내게 이런 말을 했다.

그녀는 분명 사랑에 빠졌다

그날 저녁 자세킨의 집에는 언제나 놀러오는 패들이 모였는데, 나도 그 속에 끼어 있었다.

화제는 마이다노프의 장편시로 옮겨 갔다. 지나이다는 진심으로 그 시를 칭찬했다.

“"그러나 어떨까요?” 하고 그녀는 마이다노프에게 말했다. “만일 내가 시인이라면 좀 더 다른 주제를 선택할 수 있을 것 같아요. 이건 어리석은 얘긴지는 몰라도— 이따금 기이한 생각이 머리에 떠오를 때가 있어요. 이른 새벽, 하늘이 장미빛이나 잿빛으로 물들어가고 있을 무렵, 뜬눈으로 잠을 못 이루고 있을 때면 한결 더해요. 예를 들면 내가 만일— 이런 말을 하면 당신들은 아마 웃을지도 모르지만….”

“천만에! 절대로!” 우리들은 일제히 외쳤다.

“나는 말예요.” 그녀는 가슴 위에 두 손을 얹고 한 옆으로 조용히 눈길을 쏟으면서 말을 이었다. “밤중에 고요한 강 위에서 커다란 배를 타고 있는 수많은 처녀들을 그릴 거예요. 달빛이 환하게 내리비치는데 처녀들은 흰옷에 흰 화환을 쓰고 모두들 노래를 부르거든요. 무슨 찬송가 같은 노래를 말예요."

"알겠습니다. 알고말고요. 어서 다음을 말씀해 주십시오." 마이다노프는 함축성 있는 꿈꾸는 듯한 어조로 맞장구를 쳤다.

"그러자 별안간 강 언덕 쪽에서 왁자지껄하는 소리와 커다란 웃음소리, 횃불이 타는 소리, 장구 치는 소리가 들려오지요… 그건 바카스의 여종들이 소리 높여 노래를 부르며 떼를 지어 달려오고 있는 장면이에요. 이런 정경을 묘사하는 건 시인 양반인 당신이 맡아서 해야 할 거예요. 다만 내가 바라고 싶은 건 횃불은 아주 붉디붉게 무겁도록 연기를 내며 타오르고, 바카스의 여종들의 눈이, 머리에 둘러쓴 화환 밑에서 반짝이고 있어야 해요. 그리고 화환도 거무죽죽한 빛이라야 하고요. 또, 호랑이 가죽이나 술잔을 잊어선 안 돼요…. 그 밖에 금도 많이, 되도록 많이 써야 하겠지요."

"금은 어디다 사용할 겁니까?"

반들거리는 머리털을 뒤로 젖히고, 콧구멍을 벌름거리며 마이다노프가 물었다.

"어디다 쓰느냐고요? 어깨에도 손에도 발에도 어디든지

모두. 옛날엔 여자들이 발목에 팔찌같이 생긴 걸 끼고 다녔다지 않아요? 바카스의 여종들은 배에 탄 처녀들을 자기 쪽으로 부릅니다. 처녀들은 찬송가를 뚝 그쳐 버리지요…. 노래를 계속할 수가 없기 때문이에요. 처녀들은 꼼짝도 하지 못하고 가만히 있어요. 물결은 배를 강 언덕 쪽으로 밀고 갑니다. 그러자 갑자기 그들 가운데 한 처녀가 조용히 일어서지 않겠어요? 여기 이 장면은 잘 묘사해야 돼요.—처녀가 달빛 속에서 살며시 일어나는 모습이라든지, 다른 동무들이 깜짝 놀라는 모습을 말예요. 그 처녀가 뱃전을 넘어서자 바카스의 여종들은 처녀를 에워싸고 어둠 속으로 쏜살같이 사라져 버립니다. 여기서 연기가 동그랗게 피어오르고, 모든 것이 아수라장으로 변해 버리는 광경을 그려야 하지요. 다만, 처녀들의 비명 소리가 들려올 뿐, 그리고 강가에는 끌려간 처녀의 화환이 떨어져 있고…."

지나이다는 입을 다물었다. 아, 그녀는 사랑에 빠졌구나! 나는 다시 이렇게 생각했다.

"그것뿐입니까?" 하고 마이다노프가 물었다.

"그것뿐이에요." 하고 그녀는 대답했다.

그는 점잔을 빼며 말했다.

"그것만으로는 커다란 서사시의 주제가 될 수 없지만, 서정시의 소재로서 당신의 아이디어를 한 번 살려 봅시다."

"그건 로맨틱한 것이 되겠지요?" 말레프스키가 물었다.

"물론 로맨틱하지요. 바이런적인 데가 있습니다."

"하지만 내 생각으로는 위고가 바이런보다 좋은 것 같아요." 젊은 백작은 무뚝뚝하게 말했다. "그리고 더 재미있고요."

"위고로 말하면 제일급에 속하는 작가입니다." 마이다노프가 말을 받았다. "내 친구인 튼코세예프도 자기가 쓴 〈엘 트로바도르〉라는 스페인을 무대로 한 소설에서…."

"아, 그 의문부호가 거꾸로 된 책 말이지요?" 지나이다가 말을 가로챘다.

"그렇습니다. 스페인 사람들은 그렇게 습관이 된 모양이더군요. 내가 말하고자 하는 것은 튼코세예프가…."

지나이다는 다시 그의 말을 가로막았다.

"이것 보세요! 당신들은 또 클래시시즘이니 로맨티시즘이니 하는 걸 가지고 토론하려는 거군요. 그것보다 뭐 놀이라도 해요."

"내기를 할까요?" 루신이 말을 받았다.

“아니, 내기는 재미없어요. 누가 비유를 그럴 듯하게 하는가 하는 놀이를 해요.”

이것은 지나이다 자신이 생각해 낸 놀이로, 무엇이든 제목을 하나 내놓고 모두들 그것을 다른 사물과 비교해서, 그 중 제일 훌륭한 비유를 생각해 낸 사람이 상을 받게 되는 게임이었다.

그녀는 들창가로 가까이 갔다. 태양이 지금 막 떨어진 뒤여서 하늘에는 붉고 기다란 구름이 드높이 떠 있었다.

“저 구름은 무엇과 비슷할까요?” 지나이다는 물었다. 그

리고 우리들의 대답을 기다리지도 않고 자기가 먼저 말했다. "나는 저 구름이 클레오파트라가 안토니오를 맞이하러 갈 때 타고 간 황금배의 진홍빛 돛과 같다고 생각해요. 그렇지요, 마이다노프? 요전에 당신이 나한테 그 얘길 들려주었지요?"

우리들은 모두 〈햄릿〉의 폴로니어스처럼, 저 구름은 정말 그 때의 돛과 흡사하다, 그 이상 근사한 비유는 아무도 생각해 내지 못할 것이라고 규정지었다.

"그때 안토니오는 몇 살이었을까요?" 그녀가 물었다.

"분명히 젊었을 겁니다." 말레프스키가 한마디 했다.

"그렇습니다, 젊었었지요." 마이다노프가 자신 있는 말투로 확인했다.

"실례지만." 루신이 버럭 소리를 질렀다. "안토니오는 이미 사십이 넘었었답니다."

"사십이 넘었었다고요?" 지나이다가 흘낏 그를 쳐다보며 되물었다.

얼마 뒤 나는 집으로 돌아왔다.— "그녀는 분명 사랑에 빠졌어." 나의 입술에서는 자신도 모르게 이런 말이 새어 나왔다. "그렇다면 상대는 누굴까?"

사랑은 달콤한 아픔이 되어 흘러가고

며칠이 흘러갔다. 지나이다는 차차 더 이상스럽게, 차츰 더 알 수 없게 변해 갔다.

어느 날 내가 그녀 방에 들어가 보았더니, 그녀는 등의자에 걸터앉아 뾰족한 모퉁이에 머리를 틀어박고 있었다. 그녀는 갑자기 몸을 일으켰다. 그 얼굴은 온통 눈물투성이가 되어 있었다.

"아! 당신이었군요!" 그녀는 잔인한 미소를 띠며 말했다. "이리 좀 와요."

나는 그녀의 옆으로 갔다. 그녀는 내 머리 위에 손을 얹더니 느닷없이 머리털을 움켜쥐고 비틀기 시작했다.

마침내 나는 비명을 질렀다.

"아아!"

"그래요! 아프세요? 그럼, 나는 아프지 않은 줄 아세요, 네?" 하고 그녀는 같은 말을 되풀이했다. "어머나!" 내 머리에서 한 줌의 머리칼을 뽑아낸 것을 보고 지나이다는 소스라치며 외쳤다. "내가 이게 무슨 짓일까? 아, 가엾은 무슈 볼리데마르!"

그녀는 뽑은 머리카락을 조심스럽게 가지런히 모아서 반지 모양으로 손가락에 감았다.

"당신의 이 머리카락을 메달에 넣어 늘 몸에 지니고 다닐게요." 그녀의 두 눈에는 여전히 눈물이 반짝이고 있었다. "그렇게 하면 당신 마음을 어느 정도 풀어 드릴 수 있을 거예요. 그럼, 오늘은 이만 돌아가 줘요."

나는 집으로 돌아왔다. 집에서도 마뜩치 않은 사건이 나를 기다리고 있었다. 어머니가 아버지와 말다툼을 하고 있었다. 어머니는 무엇인지에 관해 아버지한테 따지고 들었으나, 아버지는 여느 때처럼 냉정하고 점잖은 태도로 침묵을 지키고 있었다. 그러다가 곧 밖으로 나가버렸다. 나는 어머니가 무슨 말을 했는지 잘 알아듣지 못했다. 더욱이 그런 것에 귀를 기울일 만한 정신적인 여유도 없었던 것이다. 다만 지금도 기억하고 있는 것은 아버지와 말다툼이 끝난 다음 어머니는 나를 방으로 불러 내가 자세킨의 집을 너무 자주 방문한다며 매우 못마땅해하며 꾸중했다. 어머니 말에 의하면 공작부인은 무엇이든 못할 짓이 없는 여자라는 것이었다. 나는 어머니 손에 키스하고—그것은 이야기를 중단시키려할 때에 언제나 내가 쓰는 술책이었다.— 내 방으로 물러나왔다. 지나이다의 눈물은 내 마음을 아주 혼란에 빠뜨렸다. 나는 무엇을 어떻게 생각해야 할지 갈피를 잡을 수 없어 그냥 울고 싶을 뿐이었다. 비록 나이는 열여섯 살이었지만 나는 역시 어린애에 지나지 않았다. 나는 이미 말레프스키 같은 자는 염두에도 없었다. 하긴 벨로브조로프는 날이 갈수록 더욱 험악한 표정으로 마치 늑대가 양을 노리듯 그 엉

큼스러운 백작을 노려보고 있었지만, 나는 아무것도 또 누구에 대해서도 생각하지 않았다. 나는 갖가지 공상에 사로잡혀 줄곧 한적한 장소를 찾아다녔다. 특히 마음에 드는 곳은 반쯤 허물어진 그 온실이었다. 곧잘 높은 담 위에 올라가 우울하고 고독하고 불행한 청년으로 자처하고 가만히 앉아 있노라면 자기 자신이 정말 한없이 불행하게 여겨지는 것이었다. 이 쓰디쓴 느낌이 내게는 위안이 되었다. 나는 그 느낌 속에 마음껏 잠겨 있었다.

어느 날 내가 담장 위에 앉아 물끄러미 먼 산을 바라보며 종소리에 귀를 기울이고 있는데 문득 무엇인지가 내 몸을 스치고 지나가는 것 같았다. 미풍도 아니고 몸부림도 아닌 다소곳한 숨결 같은 것이라고 할까, 그 무엇이 접근해 오는 데 대한 직감이라고 할까. 나는 그 느낌이 전해오는 곳에 눈길을 떨어뜨렸다. 그러자 발아래 큰길에 연회색 옷을 입고 장밋빛 양산을 어깨에 얹은 지나이다가 바쁜 듯 걸어가고 있는 게 보였다. 그녀는 나를 보자 발을 멈추고 밀짚모자 챙을 치켜 올리며 부드러운 눈길로 나를 쳐다보았다.

"거기서 뭘 하고 있어요, 그런 높은 담장 꼭대기에서?" 몹시 야릇한 미소를 띠며 그녀가 물었다. "아, 그렇지." 하고 그녀는 말을 이었다. "당신은 밤낮 나를 사랑한다고 맹세했었는데, 정말 나를 사랑한다면 어디 내 옆으로— 이 큰길 아래로 뛰어내려 봐요."

지나이다의 말이 채 끝나기도 전에 나는 마치 누군가가 뒤에서 밀어낸 것처럼 벌써 아래로 뛰어내리고 있었다. 담장 높이는 2사젠(1사젠은 약 2미터) 이상이나 되었다. 나는 발부터 땅에 닿았지만 너무 가속이 강했던 탓에 몸의 중심을 잡을 수 없었다. 나는 거기 쓰러진 채 한순간 정신을 잃고 말았다. 잠시 뒤 정신을 차렸을 때, 나는 눈을 뜨지 않았지만 지나이다가 곁에 있음을 느꼈다.

"나의 귀여운 어린애." 내게로 몸을 굽히며 그녀는 말했다. 그 목소리에는 근심스러운 듯한 상냥함이 깃들어 있었다. "어떻게 당신은 이런 짓을 할 수 있을까요…. 어쩌자고 내 말을 곧이듣느냔 말이에요. 나도 역시 당신을 사랑하고 있는데. 자, 일어나요."

그녀의 가슴은 바로 내 가슴 가까이에서 호흡하고 그 손은 내 머리를 쓰다듬고 있었다. 그러자 갑자기—아, 그때의 내 심정이 어떠했으랴— 그녀의 부드럽고도 생생한 입술이 내 얼굴 전체에 키스를 퍼붓기 시작했다. 내 입술에도 닿았다. 그렇지만 그 때 지나이다는 내가 눈을 뜨지 않았는데도 내 얼굴 표정으로 보아 의식을 회복했다는 것을 알아차렸는지 재빨리 몸을 일으키며 말했다.

"자, 일어나세요, 장난꾸러기. 당신은 철부지야. 어쩌자고 이런 먼지 속에 그냥 누워 있지요?"

나는 몸을 일으켰다.

"내 양산이나 집어 줘요." 하고 지나이다는 말했다. "어쩌면 내가 저런 곳에 내동댕이쳐 버렸을까. 그렇게 날 보지 말아요… 그런 어리석은 짓이 어디 있어요! 어디 다친 데 없어요? 쐐기풀에 찔렸나요? 아니, 날 보지 말라고 그러는데도 참… 아무것도 못 알아듣나? 말대답도 않고…." 하며 그녀는 혼잣말처럼 말을 이었다. "무슈 볼리데마르, 어서 집으로 돌아가서 몸이나 깨끗이 씻어요. 내 뒤를 따라오면 안 돼요. 따라오면 화를 낼 거예요. 그리고 다시는, 절대로…."

그녀는 말을 끝맺기도 전에 재빠르게 저쪽으로 가 버렸다. 나는 길 가운데 쭈그리고 앉았다. 다리가 말을 듣지 않았기 때문이다. 쐐기풀에 찔린 손이 뜨끔거리고, 등은 욱신욱신 쑤시고 머리가 빙글빙글 돌았다. 그러나 그때 내가 경험한 행복감은 내 일생에 두 번 다시 찾아오지 않았다. 그것은 달콤한 아픔이 되어 내 전신에 넘쳐흘렀고, 급기야는 환희에 찬 도약과 부르짖음이 되어 용솟음쳐 나왔다. 참으로 나는 아직도 어린애였던 것이다.

뜻하지 않은 행복을 소중히 간직하기 위해서

그날 하루 종일 나는 매우 유쾌하고 자랑스러운 기분이었다. 내 얼굴에 지나이다가 해 준 키스의 감촉을 생생하게 느끼며, 나는 환희의 전율 속에서 그녀가 한 한마디 한마디의 말들을 되풀이하여 생각해 보았다. 나는 이 뜻하지 않은 행복을 아주 소중히 간직하고 싶었기 때문에, 이 새로운 행복의 요인이 된 그녀를 보는 것조차 두려웠다. 아니, 차라리 보고 싶지도 않을 지경이었다. 이제 더 이상 운명한테 바랄 것은 아무것도 없다. 이제는 오직 '마지막 숨결을 깨끗이 거두고 죽어 버리면 그만이다'라는 심정이었다.

그러나 이튿날 별채로 가면서 나는 몹시 당황했다. 비밀을 지킬 수 있다는 것을 다른 이에게 알리고 싶어 하는 사람들처럼, 나는 점잖고도 거리낌 없는 듯한 가면을 쓰고 나의 심경을 감춰 보려 했으나 그 노력은 허사였다. 지나이다는 아무런 동요의 빛도 보이지 않고 아주 태연한 태도로 나를 맞이했다. 그리고 손가락으로 위협하는 듯한 시늉을 해 보이며 어디 다친 데는 없느냐고 물었을 뿐이었다. 나의 점잖고도 거리낌 없는 듯한 태도도, 신비스러운 어떤 기분도 순식간에 사라져버렸고, 동시에 당황한 마음도 없어졌다. 물론 나는 지나이다에게 어떤 특별한 것을 기대하고 있었던 것은 아니지만, 그녀의 침착한 태도는 마치 내 몸에 찬물을 끼얹는 것 같은 느낌을 주었다. 그녀가 나를 볼 때, 역시 나는 어린애에 불과하다는 것을 깨달았다. 나는 괴로워서 견딜 수가 없었다! 지나이다는 방안을 이리저리 거닐며 내 얼굴을 볼 때마다 생긋 웃어 보였다. 그러나 그녀의 정신은 어딘가 먼 곳을 헤매고 있었다. 그것은 나도 분명히 알아차릴 수 있었다.

내가 먼저 어제 얘기를 꺼내 볼까. 어제 어딜 그렇게 바쁘게 갔는지 한 번 꼬치꼬치 캐물어 볼까 하고 생각했다. 그러나 나는 그저 한손을 저었을 뿐, 한쪽 구석에 가서 앉고 말았다.

벨로브조로프가 들어왔다. 그가 나타나서 다행이라고 생각했다.

"성질이 온순한 말은 구할 수가 없었습니다." 그는 엄숙한 목소리로 입을 열었다. "풀라이 다크를 한 필 틀림없이 얻어 준다고 합니다만 믿을 수가 없습니다. 걱정이 되는군요."

"무엇 때문에 그리 걱정이 된다는 거지요?" 하고 지나이다가 물었다.

"어디 얘기나 좀 해 보세요."

"무엇 때문에요? 당신은 말을 탈 줄 모르지 않습니까? 혹시 무슨 일이라도 생기면 어떻게 합니까? 그건 그렇고, 갑자기 또 왜 말을 타겠다는 겁니까?"

"그런 것까지 참견할 필요는 없어요, 나의 맹수님. 그렇다면 피요트 바실리예비치한테 부탁하겠어요." 피요트 바실리예비치란 나의 아버지였다. 나는 아버지가 그런 청을 들어주리라 믿고 있는 듯한 말투로 그녀가 서슴지 않고 아버지 이름을 부르는 것을 의아하게 생각했다.

"그렇습니까?" 하고 벨로브조로프가 말을 받았다. "그러면 당신은 그분과 함께 말 타고 소풍이라도 가려는 겁니까?"

"그분과 함께 가든지 딴 분과 함께 가든지— 당신한테는 마찬가지겠지요. 당신하고 함께 가지 않는 것만은 확실하니까요."

"나와는 함께 안 간다고요?" 벨로브조로프가 말했다.

"그럼, 마음대로 하십시오. 할 수 없지요. 어쨌든 나는 말을 구해 드리겠습니다."

"그러나 알아들으시겠지요? 순한 말이라고 해서 소 같은 놈을 끌고 오면 안 돼요. 미리 다짐을 해 두겠어요. 나는 마음껏 한 번 달려보고 싶으니까요."

"아마 곧잘 달릴 수는 있을 겁니다. 그러나 대체 누구와 가는 겁니까, 말레프스키입니까?"

"왜 그분과 함께 가면 안 되나요, 맹수님? 그렇지만 걱정 마세요. 그렇게 눈을 번뜩일 필요는 없어요. 당신도 데리고 갈 테니까요. 당신도 아시잖아요, 지금 말레프스키 같은 사람은 내 안중에 없다는 걸."

이렇게 말하며 그녀는 머리를 저었다.

"당신은 나를 안심시키려고 그러는 거지요?" 하고 벨로브조로프는 투덜거렸다.

지나이다는 눈을 가늘게 떴다.

"그런 말로 안심이 되나요? 오…오…오…. 맹수님도 참 딱하시군요!" 지나이다는 달리 할 말이 없었는지 말끝을 돌렸다. "무슈 볼리데마르, 당신도 우리와 함께 가지 않겠어요?"

"나는 사람이 많은 데는 좋아하지 않습니다." 나는 눈을 밑으로 내리깐 채 중얼거리듯 대답했다.

"당신은 둘이 마주앉아 있는 편이 좋겠지요? 좋아요, 자유로운 자에겐 자유를 주고, 구함을 받은 자에겐 천국을 주라는 말이 있으니까요." 그녀는 한숨을 내쉬며 말했다.

"그럼 벨로브조로프 씨, 곧 가서 수고 좀 해 줘야겠어요. 말은 내일까지 필요해요."

"그렇지만 돈은 어디서 생긴단 말이냐?" 하고 공작부인이 말참견을 했다.

지나이다는 미간을 찌푸렸다. "어머니더러 내놓으라고 하지 않아요. 벨로브조로프가 나를 믿고 돌려줄 테니까요."

"돌려줘? 돌려주다니…." 부인은 입속말로 중얼거리더니, 별안간 목청이 터지도록 큰 소리로, "두나슈카!" 하고 하녀를 불렀다.

"어머니, 제가 초인종을 드렸잖아요?" 딸이 어머니를 나무랐다.

"두나슈카!" 하고 공작부인은 다시 소리쳤다.

벨로브조로프는 인사를 했다. 나도 그와 함께 물러나왔으나, 지나이다는 나를 만류하려는 기색도 그리 없었다.

혼자만의 사랑

이튿날 아침, 나는 일찍 일어나서 지팡이 하나를 만들어 가지고 성문 밖으로 나갔다. 멀찍이 나가서 슬픈 마음을 좀 풀어 볼 작정이었다. 청명한 날씨인데다가 그리 덥지도 않았다. 즐겁고 상쾌한 바람이 땅 위를 감돌며 모든 것을 가볍게 흔들 뿐, 아무런 불안감도 없이 산들산들 불어오고 있었다. 나는 오랫동안 산과 숲 속을 헤맸다. 나는 자신을 몹시 불행한 사람이라고 생각했으므로 마음껏 우수에 잠기고자 집을 나온 것이었다. 그러나 젊음, 상쾌한 날씨, 맑은 공기, 빠른 걸음걸이가 자아내는 흐뭇함, 푹신한 풀 위에 조용히 몸을 뉠 때의 아늑함…. 이런 것들이 자기 목적을 달성하여, 잊을 수 없는 그녀의 말과 키스의 추억이 다시금 내 마음속에 되살아났다. 어쨌든 지나이다는 나의 단호한 정신과 영웅적 행위를 정당히 평가하지 않을 수 없을 것이라 생각하자, 나는 적이 유쾌해졌다.

그녀의 눈에는 다른 사나이가 나보다 훌륭하게 보일는지 모르지만 하고 나는 생각했다. (그러나 염려할 것 없어! 다른 사나이들은 단지 입으로만 할 수 있다고 장담하는 것을 나는 실제로 해 보이지 않았던가! 더욱이 그녀를 위해서라면 더 어려운 일이라도 얼마든지 해 보일 수 있다)

나의 상상력은 활동을 개시했다. 나는 자신과 적의 수중으로부터 그녀를 빼앗는 광경이라든가, 피투성이가 되어서 그녀를 감옥에서 구출하는 장면이라든가, 마침내는 그녀의 발밑에서 죽어가는 정경을 마음속에 그려 보았다. 나는 우리 집 응접실에 걸려 있는 말레크아델이 마칠리다를 안고 달리는 그림을 생각해 냈다. 그러나 금방 가느다란 자작나무 줄기를 타고 기어 올라가는 커다랗고 얼룩얼룩한 딱따구리에 정신이 팔리고 말았다. 딱따구리란 놈은 마치 콘트라베이스의 잘록한 손잡이 뒤에서 얼굴을 내미는 악사처럼,

쉴 새 없이 나무줄기 뒤에서 불안하게 좌우로 번갈아가며 주둥이를 내미는 것이었다.

그러다가 나는 〈눈은 희지 않도다〉를 부르기 시작했는데, 어느새 그것은 그 당시 널리 유행하던 〈산들바람 불어올 때 그대를 기다리네〉라는 노래가 되어 버렸다. 그 다음 나는 호마코프의 비극에 나오는 예르마크의 별에 부치는 구절을 우렁찬 목소리로 읊기 시작했다. 그리고는 감상적인 시를 한 수 지으려 했는데, 맨 끝 구절까지도 머리에 떠올랐다. 그것은 '오, 지나이다! 지나이다!'라는 것이었지만, 결국 아무것도 만들어 낼 수는 없었다.

그러는 동안 점심때가 되었다. 나는 골짜기로 내려왔다. 좁다란 모래밭 길이 꾸불꾸불 골짜기를 따라 시내 쪽으로 이어져 있었다. 나는 그 길을 걷기 시작했다. 문득 분명치는 않으나 말발굽 소리 같은 것이 등 뒤에서 들려왔다. 뒤돌아본 나는 자신도 모르게 문득 걸음을 멈추고 모자를 벗었다. 아버지와 지나이다를 발견했기 때문이다. 두 사람은 말머리를 나란히 하여 달려오고 있었다. 아버지는 몸을 여자 쪽으로 굽히고, 한 손으로 말의 목을 누르면서 무슨 얘긴지 열심히 하고 있었다. 그 얼굴엔 미소가 감돌고 있었다. 지나이다

우리는 사랑하지 않을 수 없기 때문에

사랑하고 싶지 않다고 생각해도 사랑하지 않을 수가 없어요!

는 잠자코 약간 엄숙한 표정으로 눈을 내리깔고 입을 다문 채 귀를 기울이고 있었다. 처음 내가 본 것은 두 사람뿐이었지만, 잠시 뒤 골짜기 저쪽 모퉁이에서 경기병 제복을 입고 외투를 걸친 벨로브조로프가 거품을 입에 문 검은 말을 타고 나타났다. 겉보기에도 늠름한 그 말은 머리를 좌우로 내젓고 코를 벌름거리면서 날뛸 것 같은 자세로 가까이 왔다. 벨로브조로프는 고삐를 당기기도 하고 박차를 가하기도 했다. 나는 한옆으로 피해 버렸다. 아버지는 말고삐를 고쳐 쥐며 지나이다에게 기울였던 몸을 바로잡았다. 그녀는 살며시 눈을 들어 아버지를 쳐다보았다. 이윽고 두 사람은 말을 달려 지나가버렸다. 벨로브조로프는 사벨을 절걱거리며 쏜살같이 그 뒤를 좇아갔다.

벨로브조로프의 얼굴은 저렇게 새빨간데… 그녀는…. 어째서 그토록 얼굴빛이 핼쑥할까? 아침부터 대낮이 되도록 말을 달렸는데도 얼굴이 핼쑥하다니. 웬일일까 하고 나는 생각했다.

나는 걸음을 재촉하여 점심 시간 조금 전에 집에 돌아왔다. 아버지는 이미 말쑥하게 옷을 갈아입고 세수를 하고는 어머니의 안락의자 옆에 앉아서 부드럽고 낭랑한 목소리로 어머니에게 평론 잡지의 사회면을 읽어주고 있었다. 그러나 어머니는 그리 귀담아 듣고 있는 눈치가 아니었다. 그러다가 나를 보자 온종일 어디 가 있었느냐고 물은 다음 도대체 알 수 없는 사람과 아무 데나 함께 싸돌아다니는 것은 질색이라고 말했다.

나는 혼자서 바람을 쐬고 왔다고 대답하려다가 아버지를 보자 왠지 입을 열 수가 없었다.

바라만 볼 수밖에 없는 사랑

그 뒤 대엿새 동안 나는 지나이다를 자주 만나지 못했다. 그녀는 몸이 편치 않다는 것이었지만, 그래도 별채를 드나드는 사나이들이—그들의 말을 빌린다면—당직하러 오는 것을 막지는 않았다. 다만, 마이다노프만은 예외였다. 그는 감격할 기회가 없어져버리자, 아주 풀이 죽어서 싫증을 내는 것 같았다. 벨로브조로프는 양복 단추를 모조리 채우고, 얼굴이 벌개가지고 시무룩해서 한쪽 구석에 앉아 있었다.

말레프스키 백작의 핼쑥한 얼굴에는 언제나 음흉한 인상을 주는 미소가 깃들어 있었다. 그는 확실히 지나이다가 자기를 곱게 보지 않게 되자, 이번에는 특히 공작부인의 비위를 맞추기에 여념이 없었다. 그래서 마차를 세내어 부인과 함께 모스크바 총독에게까지 다녀오기도 했다.

그 여행은 실패로 돌아갔고, 말레프스키는 불쾌한 일까지 당했다. 총독이 백작과 교통부 장관 사이에 말썽을 일으켰던 어떤 사건 이야기를 꺼냈기 때문이었다. 그래서 그는 그즈음 자기는 아직 경험이 없어서 그랬노라고 변명을 늘어놓지 않을 수 없었다.

루신은 하루에 두 번씩 찾아오긴 했지만, 오래 앉아 있는 일은 없었다. 나는 얼마 전에 그의 충고를 들은 뒤부터 그를 좀 꺼리긴 했지만, 한편으로는 진심으로 그를 따르게 되었다. 어느 날 나는 그와 함께 네스쿠치니이 공원으로 소풍을 갔다. 그는 몹시 상냥하고 친절하게 굴었고, 갖가지 화초의 이름이라든가 성질 등을 설명해 주었다. 그러다가 불쑥 아닌 밤중에 홍두깨 격으로, 자기 이마를 두드리며 소리쳤다.

"아, 나는 바보였어. 그 여자를 놀아먹는 여자라고만 생각하고 있었으니 말이야! 아마도 사람에 따라서는 자기를 희생한다는 것에 쾌감을 느낄 수도 있는 모양이지."

"그건 대체 무슨 말입니까?" 하고 내가 물었다.

"자네한테는 아무 말도 하고 싶지 않네." 루신은 무뚝뚝하게 대답했다.

지나이다는 나를 피하고 있었다. 내가 나타나기만 하면— 그것은 나도 눈치 채지 않을 수 없었다.— 그녀는 불쾌한 인상을 짓는 것 같았다. 그녀는 무의식중에, 정말 무의식중에 나한테서 얼굴을 돌려버리곤 했다. 나는 그것이 괴로웠고, 그것이 안타까워 죽을 지경이었다. 그렇다고 어쩔 수도 없는 일이었다. 그래서 나는 될 수 있으면 그녀 눈에 띄지 않도록 하면서 은근히 먼 곳에서 지켜보려 했지만 그것도 꼭 뜻대로 되는 것은 아니었다. 그녀에게는 여전히 그 어떤 원인 모를 변화가 일어나고 있었다. 얼굴이 아주 딴판이 되어가고, 모든 면에서 다른 사람이 된 것 같았다.

그녀의 이와 같은 변화가 특별히 나를 놀라게 한 것은 어느 조용하고 따뜻한 저녁의 일이었다. 나는 가지가 무성한 말오줌나무 그늘 밑에 있는 나지막한 벤치에 앉아 있었다. 나는 언제나 이곳을 좋아했다. 거기서는 지나이다의 방 창문이 바라보였기 때문이다. 나는 꼼짝하지 않고 앉아 있었다. 머리 위의 검푸른 나무 덤불 속에서는 새가 한 마리 분주하게 바스락 소리를 내고 있었다. 그때 회색 고양이가 허리를 길게 펴고 살금살금 마당으로 기어들어왔다. 올 들어 처음 나타난 딱정벌레가, 이미 어두워지긴 했지만 그래도 아직 투명한 공기 속에서 윙윙거리고 있었다. 나는 그대로 한자리에 앉아서 창문을 바라보며 이제나저제나 창문이 열리기를 고대하고 있었다. 과연 창문이 열리더니 거기 지나이다가 나타났다. 그녀는 흰 옷을 입고 있었는데, 그 얼굴이며 어깨며 손이며 할 것 없이 백지장처럼 파리했다. 그녀는 한참 동안 꼼짝 않고 서서 얼마쯤 찌푸린 눈썹 밑으로 눈을 모아 똑바로 앞만 바라보고 있었다. 나는 여태껏 그러한 그녀의 눈길을 본 적이 없었다. 드디어 그녀는 두 주먹을 힘차게 움켜쥐더니 주먹을 입술과 이마로 가져갔다. 그리고 느닷없이 손가락을 펴서 귀를 덮은 머리카락을 뒤로 넘기며 머리를 홱 젖혔다. 그리고는 무엇을 결심한 듯이 고개를 아래위로 끄덕이고 나서 창문을 탁 닫아 버렸다.

사흘쯤 지나 정원에서 그녀를 만났다. 나는 한 옆으로 피해 버리려 했으나, 그녀 쪽에서 나를 말렸다.

"손 좀 잡아 줘요." 그 전처럼 상냥한 목소리로 그녀는 말했다. "꽤 오랫동안 얘기를 못했군요."

나는 그녀를 바라보았다. 그녀의 눈은 잔잔히 빛나고, 얼굴에는 흡사 아지랑이 속을 통해서 보는 듯한 아늑한 미소가 감돌고 있었다.

"아직도 몸이 불편하십니까?" 하고 나는 물어 보았다.

"아뇨, 이젠 다 나았어요."라고 대답하며 그녀는 작은 장미꽃 한 송이를 따서 들었다. "몸이 좀 나른하긴 하지만 곧 괜찮아지겠죠."

"그럼 또 그 전처럼 되어 주겠습니까?" 하고 나는 물었다.

지나이다는 장미꽃을 얼굴로 가져갔다.—나에겐 꽃잎이 비쳐진 게 그녀의 뺨에 떨어진 것같이 생각되었다.

"정말 내가 변하긴 변한 모양이지요?" 하고 그녀는 물었다.

"변하고말고요."

나는 입속말로 대답했다.

지나이다가 다시 입을 열어 말했다.

"내가 당신한테 너무 쌀쌀맞게 굴었어요. 나도 알고 있어요. 하지만 그런 일에 신경 쓰지 마세요. 나도 달리 어쩔 수가 없었으니까요. 그러나 새삼스럽게 이런 말을 해서 뭘 하겠어요!"

나는 자신도 모르게 격한 목소리로 소리쳤다.

"내가 당신을 사랑하는 게 당신은 싫다—그것뿐이겠지요?"

"아니에요, 사랑해 주세요. 그렇지만 그 전처럼 그렇게는 말고."

"그럼, 어떻게?"

"우리, 친구가 돼요. 그렇지 않으면 안 돼요!" 지나이다는 내 코 밑에 장미꽃을 갖다대며 말했다. "내 말 좀 들어봐요. 나는 당신보다 훨씬 나이가 많지 않아요? 당신의 아주머니뻘이 된다고 할 수 있을 거예요. 정말이에요, 아주머니가 못 된다면 누님은 될 수 있겠지요. 그런데도 당신은…."

"당신 눈에는 어린애로 보일 겁니다." 나는 그녀의 말을 가로챘다.

"그렇고말고요. 어린애지요. 그렇지만 귀엽고 잘생기고 영리한 애여서 나는 정말 좋아요. 그럼, 이렇게 해요! 나는 오늘부터 당신을 시종으로 삼을 테니 그리 아세요. 시종이란 늘 주인 곁을 떠나서는 안 된다는 걸 잊지 마세요, 네?

자, 이게 당신이 새로 받은 직위의 표시예요." 그녀는 내 재킷 단춧구멍에 장미꽃을 꽂아 주며 덧붙였다. "나의 총애를 받는다는 증거예요."

"그렇지만 이전엔 이와 다른 종류의 총애를 당신한테 받았습니다." 나는 낮은 소리로 중얼거렸다.

"어머나!" 지나이다는 곁눈으로 나를 쳐다보았다. "참 기억력도 좋지! 그럼, 할 수 없군요. 난 지금도 그럴 수 있으니까…."

그녀는 몸을 굽히더니 내 이마에 순결하고 침착하게 키스했다.

나는 다만 그녀의 모습을 바라보고 있었다. 지나이다는 재빨리 얼굴을 돌리며 "자, 우리 시종 양반, 나를 따라와요." 하더니 별채 쪽으로 걸어갔다.

나는 지나이다의 뒤를 쫓아갔지만, 마음속에서는 이상한 생각이 줄곧 떠나지 않았다.

이 의젓한 처녀가 정말 내가 알고 있는 지나이다와 같은 인물인가 하고 나는 생각했다. 그녀는 걸음걸이조차도 전보다 얌전해진 것 같았다. 그리고 그녀의 모습 전체에 전과는 다른 위엄이 깃들어 있는 것 같았고, 또 더욱 세련된 것같이 보였다.

아! 이때 내 마음속에는 새로운 사랑의 불길이 얼마나 강하게 불타올랐던 것인가!

가까스로 당신 안에서

점심때가 지나서 별채에는 다시 손님들이 모여들었다. 공작의 딸도 그 자리에 나타났다. 내가 좀처럼 잊을 수 없는 그 첫날 저녁에 모였던 멤버가 빠짐없이 모두 와 있었다. 니르마츠키까지도 어슬렁어슬렁 찾아왔다. 마이다노프는 이날 누구보다도 맨 먼저 나타났다. 그러나 그 자리에서는 기묘한 방법도, 어리석은 장난도, 떠들썩한 소음도 찾아볼 수 없었다. 말하자면 집시풍의 요소가 사라져버린 것이다.

지나이다는 좌석 전체에 새로운 분위기를 조성시켰다. 나는 시종의 자격으로 그녀 곁에 앉아 있었다. 여러 가지 놀이 가운데서도 특히 그녀는 제비를 뽑은 사람이 꿈 얘기를 하기로 하자고 제안했다. 그러나 그것은 뜻대로 진행되지 않았다. 꿈 얘기라는 것들이 도대체 재미도 없거니와—벨로브조로프는 말에게 잉어를 먹였더니 말의 모가지가 나무통으로 변해 버리는 꿈을 꾸었다고 했다.— 부자연스러운 것이 아니면 일부러 꾸며 낸 것 같은 인상을 주었다. 마이다노프는 꿈 얘기를 한답시고 우리에게 한 편의 소설을 들려주었다. 이야기 속에는 무덤이 나오는가 하면 현악기를 가진 천사가 나오고, 또 말을 하는 꽃이 나오는가 하면, 이상스러운 음향이 먼 곳에서 들려오는 대목도 있었다. 지나이다는 끝까지 다 들으려 하지 않았다.

"이젠 꿈 얘기가 창작이 되어 버리고 말았으니…." 하고 그녀는 말했다. "제각기 꾸며 낸 얘기를 하기로 해요. 그 대신 반드시 자신이 생각해 낸 얘기가 아니면 안 돼요."

역시 벨로브조로프가 맨 먼저 이야기할 차례가 되었다. 젊은 경기병은 당황해서 "난 아무것도 생각해 낼 수가 없습니다!" 하고 버럭 고함을 질렀다.

"바보 같은 소리 그만둬요!" 하고 지나이다가 내쏘았다. "예를 들면 당신한테 아내가 있다고 상상해 봐요.—그러면 당신은 부인과 어떤 생활을 할 것인지, 그걸 우리한테 얘기하면 되잖아요? 아마 당신은 아내를 방에 가둬 놓겠지요?"

"가둬 놓겠지요."

"그리고 당신도 그 옆에 붙어 있겠지요?"

"반드시 붙어 있을 겁니다."

"거 참 좋겠군요. 하지만 아내가 만일 싫증이 나서 당신을 배반한다면?"

"아마 죽여 버릴 겁니다."

"그렇지만 달아나 버린다면?"

"쫓아가서 역시 죽여 버려야지요."

"원, 저런! 그럼, 만일 내가 당신 아내라면? 그땐 어떻게 하시겠어요?"

벨로브조로프는 잠시 입을 다물고 있다가 대답했다.

"그때는 내가 자살하고 말겠습니다…."

지나이다는 그 말에 웃음을 터뜨렸다.

"내가 보기에 당신 얘기는 그리 길 것 같지 않군요."

둘째 번 제비는 지나이다가 뽑았다. 그녀는 천장에 눈을 두고 잠시 생각에 잠기더니 "그럼, 얘기하겠어요." 하고 드디어 입을 열었다. "난 이런 생각을 했어요.— 아주 으리으리한 궁전을 상상해 주세요. 여름밤인데 호화찬란한 무도회가 열렸어요. 이 무도회는 젊은 여왕이 베풀었는데, 여기에도 저기에도 온통 금이니 대리석이니 수정이니 비단이니, 그리고 등불, 다이아몬드, 꽃, 향불 할 것 없이 갖가지 사치스러운 물건으로 장식되어 있어요."

"당신은 사치를 좋아합니까?" 하고 루신이 그녀의 말을 가로챘다.

"사치란 아름다운 것이니까요." 하고 그녀는 대꾸했다. "나는 아름다운 것이면 무엇이든지 다 좋아요."

"훌륭한 것보다도 더 좋단 말씀입니까?" 하고 그는 물었다.

"어쩐지 빈정대느라고 묻는 말 같군요. 그런 건 난 모르겠어요. 내 이야기를 방해하지 마세요. 어쨌든 호화찬란한 무도회예요. 모든 사람들이 모였는데, 모두가 젊고 훌륭하고 늠름하며, 그리고 너나 할 것 없이 모두 여왕을 사모하고 있어요."

"손님 가운데 여자는 아무도 없습니까?" 말레프스키가 물었다.

"없어요. 아니, 있기는 있어요."

"아니, 모두 못생긴 여자들이겠군요?"

"미인들이지요. 그렇지만 남자들은 모두 여왕한테 반했

거든요. 여왕은 늘씬하고 키가 큰데, 그 검은 머리에 자그마한 금관을 쓰고 있어요."

나는 지나이다를 바라보았다.—그 순간 그녀는 우리들보다 훨씬 고상하게 보였고, 움직일 줄 모르는 잔잔한 눈썹과 흰 이마에서 형용할 수 없이 밝은 예지와 위엄이 흐르고 있었다. 그래서 나는 마음속으로 '그 여왕이란 바로 당신입니다!' 하고 생각했을 정도였다.

"모두들 여왕을 에워싸고." 지나이다는 얘기를 계속했다.

"저마다 있는 지혜를 다 짜내어 여왕의 마음에 들려고 말재주를 부립니다."

"그럼, 여왕은 아첨을 좋아하는군요?" 루신이 물었다.

"참 심술궂은 양반도 다 있어! 빈번히 남의 말을 가로채고…. 그야 비위를 맞춰 줘서 싫다고 할 사람이 어디 있겠어요?"

"마지막으로 한 가지만 더 묻겠습니다." 하고 말레프스키가 끼어들었다. "여왕한테는 남편이 있습니까?"

"거기까지는 생각해 보지 않았어요. 없다고 해요, 남편이 무슨 필요가 있겠어요?"

"물론이지요." 말레프스키가 말을 받았다. "남편은 있어서 뭘 합니까?”

“Silence(조용히)!” 프랑스 말에 서투른 마이다노프가 외쳤다.

“Merci(고마워요).” 지나이다가 그에게 말하였다.

“그래서 여왕은 그런 말들을 듣기도 하고 또는 음악에 귀를 기울이기도 합니다. 그러나 손님들의 얼굴은 본 체 만 체 합니다. 천장에서 마룻바닥까지 여섯 개의 창문이 열려 있는데, 창 밖으로는 커다란 별들이 반짝이는 밤하늘과 굵다란 나무가 무성한 어두운 정원이 보입니다. 여왕은 물끄러미 정원을 내다보고 있어요. 거기에는 나무 그늘에 분수가 있어서 어둠 속에서도 희끄무레한데, 그것이 무슨 유령처럼 길게 흐느적거리는 것같이 보입니다. 여왕은 사람들의 말소리와 음악소리 속에서 조용히 흐르는 물소리를 듣습니다. 그리고 물끄러미 바라보며 이런 생각을 합니다.—여러분, 당신들은 모두 고상하고 현명하고, 또 부유한 분들입니다. 당신들은 나를 에워싸고 내 말 한마디 한마디에 전전긍긍하며 모두 내 발 밑에서 죽어도 좋다고 생각하고 있습니다. 이렇듯 나는 당신들을 지배하고 있습니다. …. 그러나 저기 분수가에, 저기 찰랑거리는 물 옆엔 내가 사랑하는 사람이, 나를 지배하고 있는 사람이 기다리고 서 있습니다. 그분은 화려한 옷도 입지 않았고, 또 보석도 몸에 지니고 있지 않습니다. 아무도 그분을 아는 사람은 없습니다. 그리고 그 분은 내가 나오리라는 것을 굳게 믿으며 나를 기다리고 있습니다.— 물론 나는 갈 것입니다. 내가 그분한테 가서 그분과 함께 있으려 할 때, 나를 제어할 수 있는 힘이란 이 세상에 없습니다. 나는 그분과 함께 정원의 어둠 속으로, 설레는 나무 그늘로, 물소리가 속삭이는 분수 뒤로 자취를 감추고 말 것입니다."

지나이다는 입을 다물어버렸다.

"그것은 만들어 낸 얘깁니까?" 말레프스키가 빈정거리는 말투로 물었다.

지나이다는 거들떠보지도 않았다.

"여러분." 하고 루신이 불쑥 입을 열었다. "만일, 우리들이 그 손님들 가운데 끼어 있다가, 분수 옆에 서 있는 행운아에 대해서 알았다면 어떻게 하겠습니까?"

"잠깐만 기다리세요." 하고 지나이다는 말을 막았다. "여러분이 그런 경우에 어떻게 하실지 내가 한 사람씩 얘기할게요. 벨로브조로프 씨, 당신은 그 사람한테 결투를 신청할 것이고, 마이다노프 씨, 당신은 풍자시를 쓸 거예요. 아니, 당신은 풍자시를 못 쓰니까 바르비에 식으로 기다란 장단음을 써서 그걸 〈전신〉(그 즈음의 잡지 이름)에 싣겠지요. 니르마츠키 씨, 당신은 그 사람한테 돈을 빌려 달라고 할 거예요. 아니, 당신이 오히려 그 사람에게 높은 이자로 돈을 빌려 줄 거예요. 그리고 의사 선생, 당신은…." 그녀는 잠시 머뭇거리다가 말했다.

"글쎄요, 당신에 대해선 알 수 없어요. 대체 무슨 짓을 할까요?"

"나는 왕실 의사의 직책상." 하고 루신이 대답했다. "이렇게 여왕에게 충고할 것입니다. 손님들을 상대할 정신적 여유가 없는 그런 때에는 무도회를 열지 않는 편이 좋을 거라고요."

"아마 그 말이 옳을는지도 모르겠군요. 그럼 백작, 당신은?"

"나 말입니까?" 말레프스키는 역시 음흉한 미소를 띠며 되물었다.

"당신은 그 사람에게 독이 든 과자를 권하겠지요." 지나이다가 대신 대답했다.

말레프스키의 얼굴이 살짝 일그러지며 순간 유대인 같은 표정을 띠었으나, 그는 금방 껄껄 웃어 버렸다.

"볼리데마르, 당신은 아마…." 지나이다는 말을 계속했다. "하지만 이젠 그런 얘긴 그만두고 우리 무슨 다른 놀이라도 해요."

"볼리데마르는 시종의 자격으로, 여왕이 정원으로 나갈 때 그 기다란 치맛자락을 잡아 드릴 겁니다." 말레프스키가 독기를 품은 어조로 말했다.

나는 전신의 피가 머리끝으로 확 치솟아 오르는 것을 느꼈다. 그러나 지나이다가 내 오른쪽 어깨에 가볍게 손을 얹고 의자에서 몸을 일으키며 좀 떨리는 목소리로 손가락을 문 쪽으로 가리키며 말했다.

"백작, 나는 당신한테 버릇없는 말을 함부로 하라는 권리를 절대로 준 일이 없어요. 그러니까 이 자리에서 당장 나가 주시기 바랍니다."

"미안합니다, 아가씨." 말레프스키는 파랗게 질려서 중얼거렸다.

"아가씨의 말이 옳습니다." 하고 외치며 벨로브조로프도 벌떡 일어났다.

"나는 절대로 그런 뜻에서 말씀드린 게 아닙니다." 말레프스키는 변명을 계속했다. "내가 한 말에는, 조금도 그런…. 그런 뜻이 없었다고 생각합니다. 당신을 모욕한다거나, 그럴 마음은 꿈에도 없었습니다. 혹시 잘못됐다면 용서해 주십시오."

지나이다는 차가운 눈길로 그를 쏘아보고 입가에 비웃음을 띠었다.

"그럼, 남아 있어도 좋아요." 그녀는 아무렇게나 손짓해 보이며 말했다. "하기는 나나 볼리데마르 씨가 화까지 낼 필요는 없겠지요. 당신은 농담 삼아 좀 빈정거렸을 뿐이고…. 또, 그러는 걸 재미있어 하는 분이니까."

"용서하십시오." 말레프스키는 거듭 사과했다.

나는 조금 전의 지나이다의 태도를 다시 머릿속에 그려보고, 비록 진짜 여왕이라 하더라도 그 이상의 품위를 가지고 무례한 사나이에게 문 쪽을 가리켜 보일 수는 없을 것이라고 생각했다.

이런 사소한 사건이 있은 뒤 내기놀이도 오래 지속되지 못했다. 모두 좀 어색한 얼굴을 하고 있었는데, 그것은 이 사건 때문이라기보다는 어떤 분명치 않은 무거운 감정 때문이었다. 누구 한 사람 그것을 입 밖에 내지는 않았지만, 모두들 자기 자신에게서도, 동료들에게서도 그것을 느낄 수 있었다. 마이다노프가 자작시를 낭독했다. 그러자 말레프스키가 굉장한 열의를 가지고 그 시를 칭찬했다.

"저 친구, 아주 착한 인간으로 보이려고 애쓰는군." 하고 루신이 내게 속삭였다.

얼마 뒤 우리들은 흩어졌다. 지나이다는 갑자기 무슨 생각에 잠겨버렸고, 공작부인은 하인을 보내어 두통이 난다고 했으며, 또 니마츠키는 신경통이 심하다고 우는 소리를 했기 때문이다.

나는 늦도록 잠을 이룰 수 없었다. 지나이다의 얘기가 내게 깊은 충격을 주었기 때문이다.

"정말 그 얘기 속에 암시 같은 것이 숨겨져 있는 것일까?" 하고 나는 자신에게 물었다. "그렇다면 누구를, 그리고 무엇을 암시했을까? 만일 그 무언가를 암시한 게 사실이라면…. 그러나 확실히 그렇다고 인정할 근거가 어디 있단 말인가? 아니야, 그럴 리가 없어."

나는 화끈화끈 달아오르는 뺨을 번갈아 베개에다 대고 몸을 뒤척거리면서 혼자 중얼거렸다. 그러나 아까 그 이야기를 하고 있었을 때의 지나이다의 표정이 눈앞에 떠올랐다. 그리고 문득 네스쿠치느이 공원에서 루신이 무심결에 부르짖던 말과, 나에 대한 그녀의 급변한 태도에 생각이 미치자 나는 상상의 실마리를 잃고 말았다. "상대는 대체 누구일까?" 이 한마디가 마치 어둠 속에 씌어 있는 것처럼 내 눈앞을 가로막고 있는 것이었다. 그것은 흡사 낮고 불길한 구름이 머리 위에 드리워져 있는 것과도 같은 기분이었다. 나는 압박감을 느꼈다. 그리고 그 구름이 폭풍우로 변하는 것을 이제나저제나 기다리고 있었다.

최근에 나는 여러 가지 사물에 익숙해졌다. 자세킨의 집

에서 많은 것을 보고 들었기 때문이었다. 무질서한 생활, 싸구려 촛불, 부러진 나이프와 포크, 침울한 보니파치라는 하인, 지저분한 몰골의 하녀들, 공작부인 자신의 언동—이런 기묘한 생활은 나를 이미 놀라게 하지 않았다. 그러나 지금 내가 어슴푸레하게 느끼고 있는 지나이다의 변화— 이것만은 나도 익숙해질 수 없었다. '말괄량이'—언젠가 어머니는 그녀를 이렇게 불렀다.— 그것이 바로 나의 우상이 아닌가, 나의 신이 아닌가! 이 한마디가 부젓가락으로 나를 찌르는 것 같아, 나는 그것을 피하기라도 하려는 듯 베개에 얼굴을 파묻고는 분노에 몸을 떨었다. 그러면서도 한편, 만일 그 분

수가의 행운아가 될 수만 있다면 나는 어떠한 짓이라도 해낼 수 있고, 또 어떠한 희생이라도 아끼지 않을 생각이었다. 온몸의 피가 뜨겁게 끓어올랐다.

정원… 분수…. 나는 잠시 생각했다. 정원에 좀 나가 볼까? 나는 분주히 옷을 걸쳐 입고 방에서 빠져나왔다.

캄캄한 밤이었다. 나무들은 들릴 듯 말 듯한 소리를 내며 바람에 나부끼고 있었다. 하늘에선 조용하고 차가운 기운이 내리고, 채소밭 쪽에서는 참깨 냄새가 풍겨왔다. 나는 정원의 오솔길이란 길은 모조리 다 걸어 다녔다. 나의 가벼운 발자국소리가 나를 놀라게 하기도 했고, 또 기운을 북돋아 주기도 했다. 나는 때때로 발을 멈추고 그 무엇인가를 기다리는 심정으로 내 심장의 고동소리를 듣고 있었다. 마침내 나는 담장에 가까이 와서 가느다란 말뚝에 기대어 섰다. 불현듯 공연한 생각에 지나지 않았을까? 네댓 발자국 앞에서 언뜻 여자의 그림자 같은 것이 스쳐갔다. 나는 눈을 모아 어둠 속을 들여다보며 숨을 죽였다. 저건 무엇일까? 내가 발자국소리를 들은 것일까? 그렇지 않으면 역시 내 심장의 고동소리였을까?

"누구요, 거기에 있는 건?" 나는 겨우 알아들을 정도의 목소리로 중얼거렸다. 아니, 저건 또 무슨 소리일까? 소리를 죽여 가며 웃는 것일까? 혹은 나뭇잎이 살랑거리는 소리일까? 그렇지 않으면 바로 귀 밑에서 누가 내뿜는 한숨소리일까? 나는 겁이 났다.

"누구요, 거기에 있는 건?" 나는 더욱 가느다란 소리로 다시 한 번 물었다.

순간, 공기가 흔들렸다. 하늘에서는 불줄기 같은 것이 번쩍했다. 유성인 모양이었다.

"지나이다?"라고 나는 물어보려 했으나, 목소리가 입술에 얼어붙고 말았다. 한밤중에 종종 그렇듯 주위가 쥐죽은 듯 갑자기 고요해졌다. 수풀 속의 귀뚜라미까지 울음소리를 멈춰버렸다. 다만 어디선가 탁 하고 창문 닫는 소리가 들려왔을 뿐이었다. 나는 한참 동안 꼼짝 않고 서 있다가 얼마 뒤 내 방의 싸늘한 잠자리로 돌아왔다. 나는 이상스러운 흥분을 느꼈다. 마치 애인을 만나러 갔다가 고독 속에 홀로 남게 된 것 같은, 다른 사람의 행복 옆을 지나온 듯한 그런 느낌이었다.

사랑의 독이 내 혈관 속으로 흘러들어

이튿날 나는 지나이다를 먼 빛으로 언뜻 보았을 뿐이었다. 그녀는 어머니와 함께 마차를 타고 어디론지 나가고 없었기 때문이다. 그러나 나는 루신과 말레프스키를 만났다. 루신은 나한테 인사를 하는 둥 마는 둥 했으나, 젊은 백작은 일부러 웃음을 지어 보이며 사뭇 다정하게 말을 걸어왔다. 별채를 찾아다니는 친구들 가운데 그 사람 혼자만이 약삭빠르게 우리 집으로 기어 들어와서 어머니의 눈에까지 들 수 있었던 것이다. 아버지는 그에게 호감을 가지고 있지 않았으므로, 실례가 될 정도로 겸손한 태도를 취하고 있었다.

"아, 시종 양반이시로군!" 하고 말레프스키는 나한테 말을 걸었다. "마침 잘 만났네. 자네가 모시고 있는 어여쁜 여왕님께선 무얼 하고 계시나?"

말쑥하게 잘생긴 그의 얼굴도 그 순간 내게는 징그럽기 짝이 없어 보였다. 그리고 그의 눈이 조롱하는 듯한 경멸의 빛을 띠고 있었으므로, 나는 그에게 아무 대꾸도 하지 않았다. "자넨 아직도 내게 화를 내고 있나?" 하고 그는 말을 이었다. “그건 너무한데. 자네한테 시종이란 이름을 붙인 것은 내가 아니니까, 여왕에겐 시종이라는 게 붙어 있게 마련이지. 이건 실례가 될는지 모르지만, 내가 자네한테 한마디 충고하겠는데, 자넨 자기 직무에 태만한 것 같군.”

“그게 무슨 말입니까?”

“시종이란 항상 여왕님 곁에 붙어 있어야 하는 법이야. 그리고 시종은 여왕님이 하시는 일을 무엇이든지 다 알고 있어야 하지. 여왕님의 거동까지 일일이 살피고 있지 않으면 안 된단 말일세.” 그리고 그는 다시 낮은 목소리로 덧붙였다. “낮이든 밤이든 가리지 말고….”

“무슨 말을 하려는 겁니까?”

“무슨 말을 하려는 거냐고? 나는 알아들을 만하게 똑똑히 말한 것 같은데. 밤낮 할 것 없이 말일세. 낮엔 그래도 이럭저럭 큰 탈은 없겠지. 환히 밝고 또 사람 눈도 많으니까. 하지만 밤엔 어쨌든 탈이 나기 쉽거든. 그러니 자넨 밤마다 자지 말고 잘 살피는 게 좋을 거라고 충고하는 것뿐일세. 그야말로 전력을 다해 살펴야 하네. 자네도 기억하고 있을 테지—정원에서, 밤의 분수가에서—이런 곳에서 지키고 있어야 하네. 아마 자네는 나한테 감사하단 말을 하게 될 걸세.”

말레프스키는 껄껄 웃으며 나에게서 빙그르르 몸을 돌려 버렸다. 아마도 그는 자기가 한 말에 무슨 특별한 뜻을 부여하지는 않았을 것이다. 본디 그는 속임수를 잘 쓰기로 유명한 인물이어서, 가장무도회 같은 데서도 곧잘 사람들을 놀려대는 재주를 가지고 있었다. 그것은 그의 인간 전체에 배어 있는, 거의 자기 자신도 의식하지 못하는 허위성에 힘입은 바 큰 것이었다. 그는 필경 나를 좀 놀려주고 싶어서 그랬을 뿐이었겠지만, 그러나 그의 한마디 한마디는 무서운 독이 되어 내 혈관 속으로 흘러들어왔다. 온몸의 피가 한꺼번에 머리로 치솟아 올라왔다.

아! 그랬던가! 나는 마음속으로 부르짖었다. 그렇지! 엊저녁에 내가 정원으로 끌려 나간 것도 결코 우연한 일은 아니야!

"그런 일이 과연 있을 수 있느냔 말이야!" 나는 커다란 소리로 버럭 고함을 지르며 주먹으로 가슴을 쳤다. 하기는 무슨 일이 있을 수 없다는 것인지 나 자신도 확실히 알지 못했던 것이지만. 그런 말을 하는 말레프스키 자신이 정원으로 찾아오는지도 몰라 하고 나는 속으로 생각해 보았다. 그가 무심결에 그런 소리를 지껄였다고 생각할 수도 있지. 그는 그런 짓쯤은 넉넉히 할 만한 철면피니까.(그렇지 않다면 대체 누굴까)—우리 집 정원의 담장은 아주 낮기 때문에 그것을 뛰어넘는 것쯤은 문제가 아니었다.—(어쨌든 어느 놈이든 내 손에 걸려들기만 하면, 재미없을 걸! 누구든지 내 눈에 띄지 않도록 조심하는 게 좋을 거야! 나는 온 세상에, 그리고 그 배신자에게—나는 서슴지 않고 그녀를 배신자라고 불렀다.—나도 복수를 할 수 있다는 걸 보여주고야 말 걸)

나는 내 방으로 돌아와 책상 서랍을 열고 얼마 전에 산 영국제 나이프를 꺼내 칼날을 시험해 보았다. 그리고 미간을 찌푸리며 차디차게 굳어진 결심과 함께 그것을 주머니 속에 간직했다. 마치 그런 짓을 하는 것이 전혀 어색하지 않고, 또 이번이 처음도 아닌 것 같은 그런 태도였다. 나의 심장은 독을 품고 긴장되어 돌처럼 굳어졌다. 나는 밤중까지 찌푸린 미간을 한시도 펴지 않았고, 악문 이를 풀려고도 하지 않았다. 나는 불덩이처럼 뜨거워진 나이프를 주머니 속에서 움켜쥔 채 미리부터 어떤 무서운 사태에 대한 마음의 준비를 하면서 쉴 새 없이 이리저리 돌아다녔다. 여태껏 경험해 보지 못한 이 새로운 느낌은 내 마음을 사로잡고 어느 정도 유쾌한 기분까지 자아내어, 정작 지나이다에 대해서는 그리 생각하지도 않았을 정도였다. 내 머릿속에는 끊임없이 이런 구절이 떠올랐다.

젊은 집시 알레코(푸슈킨 작 〈집시〉의 주인공)—'젊은 미남자야, 어디로 가느냐? 누워서 잠들라… 그대는 온몸이 피투성이로구나!…. 오, 그대는 대체 무슨 짓을 했느냐?'—'아무 짓도 하지 않았다!' 나는 얼굴에 아주 잔인한 미소를 띠며 이 '아무 짓도 하지 않았다!'를 거듭 되풀이했다.

아버지는 집에 없었다.

그러나 요즘 거의 날마다 초조한 마음을 억누르고 있는 듯한 어머니가 나의 심상치 않은 태도를 눈치 채고 밤참을 먹을 때 말했다.

"너는 뭣 때문에 보릿자루를 노리는 생쥐새끼처럼 뾰로통해 가지고 그러니?"

나는 대답 대신 그저 너그러운 미소를 지어 보였을 뿐, 모두들 내 속을 알고 있다면 하고 속으로 생각해 보았다. 시계가 11시를 알렸다. 나는 내 방으로 돌아왔으나 옷은 벗지 않았다. 이윽고 12시가 되었다. 이젠 시간이 됐겠지! 나는 악문 이 사이로 중얼대며 양복저고리 단추를 턱 밑까지 모조리 채우고, 소매까지 걷어붙인 뒤 정원으로 나갔다.

나는 미리부터 지키고 서 있을 장소를 생각해두고 있었다. 정원의 한쪽 끝, 우리 집과 자세킨의 집 뜰 안을 가로막고 있는 담장 옆에 전나무가 한 그루 외따로 서 있었다. 그 무성한 나뭇가지 밑에 서 있으면 어둠이 허락하는 한 주위에서 일어나는 모든 일을 죄다 볼 수 있었다. 그곳에는 언제나 내 눈에 신기롭게 보이는 한 갈래의 좁다란 길이 꾸불꾸불 뱀처럼 담장 밑을 따라 굽이쳐서—이 부근의 담장을 넘나드는 것 같은 흔적이 보였다.— 순전히 아카시아나무로만 지은 정자가 있는 쪽으로 뻗어 있었다. 나는 그 전나무 밑까지 가서 나무줄기에 몸을 기대고 망을 보기 시작했다.

그것은 전날 밤과 같이 고요한 밤이었다. 그러나 하늘엔 구름이 얼마 없어서—나무 덤불뿐만 아니라 키가 큰 꽃나무의 윤곽까지도 똑똑히 분간할 수가 있었다. 처음 얼마 동안은 숨 가쁜 순간이었다. 아니, 무서울 지경이었다. 나는 이미 어떠한 사태도 각오하고 있었지만, 다만 어떻게 행동할 것인지— "어디로 가는 거야? 기다려라! 바른대로 말해봐! 그렇지 않으면 죽여 버릴 테다!"라고 호통을 쳐야 할 것인지, 또는 군말 없이 푹 찔러버리고 말 것인지, 그 점을 이리저리 생각하고 있었다. 바스락하는 소리 하나에도, 나뭇잎이 나부끼는 소리에도 심상치 않은 무슨 연유가 숨어 있는 것만 같았다. 나는 정신을 바짝 차리고서 몸을 앞으로 구부렸다. 그러나 30분이 지나고 1시간이 지나는 동안에 들끓던 피는 점차로 식어서 조용해졌다. 이러고 있어 봐야 무슨 소용이 있겠는가. 이건 내가 생각해도 좀 우스꽝스럽지 않은가. 나는 말레프스키의 놀림감이 되었나 보다.—이러한 의식이 내 마음속에 기어들어왔다. 나는 내가 숨어 있던 곳을 떠나 정원을 한 바퀴 돌았다. 마치 일부러 그러는 것처럼 어느 곳에서도 바스락 소리 하나 들려오지 않았다. 모든 것이 쥐죽은 듯하고, 우리 집 개까지도 사립문 옆에 웅크리고 엎드려 잠자고 있었다. 나는 무너진 온실 벽으로 기어 올라가 눈앞에 멀리 펼쳐져 있는 들판을 바라보며, 지나이다와 만났던 그날을 회상하며 깊은 생각에 잠겼다.

나는 몸을 흠칫하며 놀랐다. 문 열리는 소리가 삐걱 나고, 뒤이어 나뭇가지 부러지는 소리가 들린 것 같았다. 나는 껑충껑충 두 번 만에 온실에서 밑으로 뛰어내려 숨을 죽이고 그 자리에 섰다. 가볍고 빠르면서도 조심성 있는 발자국소리가 분명 정원 안에서 들려왔다. 그 소리는 내가 있는 쪽으로 차츰 가까워졌다.

저놈이다. 드디어 나타났구나! 하는 생각이 퍼뜩 머릿속에 떠올랐다. 나는 경련을 일으킬 듯 떨리는 손으로 주머니에서 나이프를 꺼내 들고 칼을 폈다.— 무슨 불꽃같은 것이 눈 속에서 빙그르르 돌며 공포와 증오로 머리털이 쭈뼛 솟는 것 같았다. 발자국소리는 곧장 내 쪽으로 다가왔다. 나는 몸을 구부리고 발자국소리가 나는 쪽으로 목을 길게 뽑았다. 드디어 한 사나이가 나타났다. 아, 그런데 이게 어찌 된 일인가! 그것은 나의 아버지가 아닌가!

아버지는 검은 망토로 온몸을 감싸고 모자를 깊숙이 눌러 쓰고 있었지만, 나는 곧 알아볼 수 있었다. 아버지는 발뒤꿈치를 들고 가만가만 내 옆을 지나갔다. 아무것도 내 몸을 감춰 주지 않았지만, 나는 거의 땅바닥과 맞닿을 정도로 넓죽하게 몸을 구부리고 있었기 때문에, 아버지는 내가 거기 있는 것을 알지 못했다. 사뭇 살인을 하려는 각오를 가지고 질투에 불타던 '오델로'는 별안간 조그만 중학생으로 변하고 말았다. 나는 뜻하지 않은 아버지의 출현에 그만 소스라치게 놀라서, 아버지가 어느 쪽으로부터 와서 어디로 사라져버렸는지 처음에는 도무지 짐작도 하지 못할 지경이었다. 주위가 또다시 고요해졌을 때, 그제야 비로소 나는 몸을 펴고 아버지는 뭣 하러 이토록 깊은 밤중에 정원을 거닐고 있을까 하고 생각했다. 나는 엉겁결에 나이프를 풀 속에 떨어뜨렸지만, 그것을 찾으려고도 하지 않았다. 나는 부끄러워 견딜 수가 없었다. 그리고 대번에 취기가 가신 듯한 기분이었다. 그래도 집으로 돌아오는 길에 나는 전나무 밑에 있는 그 벤치를 찾아가 지나이다의 침실 들창을 쳐다보았다. 밖으로 조금 굽은 유리창은 밤하늘에서 내리비치는 희미한 광선을 받아 푸르스름한 빛을 띠고 있었다. 그러자 갑자기 유리창 빛이 변했다. 그리고 들창 안쪽에서 나는 보았다. 분명히 내 눈으로 보았다. 하얀 커튼이 조심스럽게 살며시 내려와 창문턱까지 다 가리고 다시는 꼼짝도 하지 않았다.

"그건 또 무엇일까?" 다시 방안에 들어서자 나는 거의 무의식중에 소리 내어 말했다. "꿈인가, 우연인가. 그렇지 않으면…." 문득 내 머리에 떠오른 상상은 너무나 새롭고 너무나 괴이했으므로, 나는 그런 생각에 깊이 잠길 용기마저 없었다.

이튿날 아침 나는 심한 두통을 느끼며 자리에서 일어났다. 어젯밤의 흥분은 사라지고 그 대신 무거운 의혹과 여태껏 경험하지 못한 그 어떤 이상한 우수에 사로잡혔다. 그것은 흡사 나의 내부의 그 무엇이 죽음에 직면하고 있는 것 같은 느낌이었다.

“어째서 자네는 그렇게 뇌수를 절반쯤 뽑아 버린 토끼 같은 얼굴을 하고 있나?” 루신이 나를 만나자 이런 소리를 한 것도 당연한 일이었다.

아침 식사 때 나는 아버지와 어머니의 기색을 번갈아 살펴보았다. 아버지는 여느 때와 다름없이 태연했고, 어머니는 역시 언제나처럼 마음속에 초조함을 숨기고 있는 표정이었다. 나는 가끔 하는 습관대로 혹시 아버지가 나에게 상냥하게 말을 걸어오지나 않을까 하고 기다리고 있었다. 그러나 아버지는 날마다 보여주던 차가운 애무마저 보여주지 않았다.

지나이다에게 모든 것을 얘기하기는커녕 예사로운 이야

기도 마음대로 할 수 없었다. 공작부인의 아들인, 올해 12살 된 유년학교 학생이 휴가를 받아 페테르부르그에서 돌아왔던 것이다. 지나이다는 곧 동생을 나한테 맡겨버렸다.

"내가 좋아하는 볼로쟈." 하고 그녀는 말했다.—그녀가 나의 애칭을 부른 것은 이번이 처음이었다.— "당신한테 친구가 생겼어요. 이 애 이름도 역시 볼로쟈랍니다. 아무쪼록 귀여워해 줘요. 이 애는 아직 철이 없지만 마음씨는 착하니까요. 네스쿠치느이 공원도 좀 구경시키고, 함께 소풍도 다니며 이 애를 돌봐 줘요, 네? 그렇게 해 줄 테지요? 당신도 역시 정말 좋은 분이니까!"

그녀는 상냥하게 두 손을 내 어깨에 얹었다. 나는 어리둥절했다. 이 소년의 도착은 나까지도 어린애로 만들어버렸다. 나는 잠자코 그를 바라보았다. 저쪽도 역시 입을 다문 채 물끄러미 나를 쳐다보고 있었다. 지나이다는 깔깔 웃으면서 우리 두 사람을 끌어다 맞붙였다.

"자, 어린 동무끼리 포옹해요!"

우리들은 포옹했다.

"정원에 나가 보지 않겠니? 내가 안내하지." 나는 유년학교 학생에게 물었다.

“네, 고맙습니다.” 그는 과연 유년학교 학생답게 좀 거친 목소리로 대답했다.

지나이다는 또다시 웃어댔다. 그녀의 얼굴이 이처럼 아름다운 홍조를 띤 적은 한 번도 없었다고 느꼈다. 나는 유년학교 학생과 함께 밖으로 나왔다. 우리 집 정원에는 낡은 그네가 있었다. 나는 그를 좁다란 판자 위에 앉혀놓고 밀어주었다. 그는 옷깃에 넓은 금빛 테두리를 한 두꺼운 천으로 만든 새 제복을 입고 있었는데, 꼼짝 않고 앉아서 그네 줄을 단단히 붙잡고 있었다.

“목의 호크라도 풀어.” 하고 그에게 말했다.

“괜찮습니다, 습관이 돼서요.”라고 그는 대답하고 헛기침을 했다.

그는 자기 누이를 닮았다. 더욱이 눈 같은 데는 쏙 빼낸 듯 싶었다. 나는 그를 돌봐주는 것이 유쾌하기는 했지만, 한편 쑤시는 듯한 서글픔이 심장을 씹고 있는 것만 같았다. 이젠 나도 아주 어린애로구나 하고 생각했다. 그렇지만 어제만 해도…. 나는 어젯밤 나이프를 떨어뜨린 장소가 생각나 그것을 찾아냈다. 유년학교 학생은 나한테 졸라 나이프를 받아들고 굵다란 땅두릅 나뭇가지를 잘라서 피리를 불기 시작했다. 오델로도 역시 피리를 불었다.

그러나 그날 저녁 바로 이 오델로는 지나이다의 팔에 안겨 얼마나 슬프게 흐느꼈던가! 그녀는 나를 정원 한구석에서 발견하고, 어째서 그토록 슬픈 얼굴을 하고 있느냐고 물었다. 그러자 별안간 그녀가 깜짝 놀랄 만큼 내 눈에서 눈물이 비오듯 쏟아져 나왔던 것이다.

"아니, 왜 그래요, 볼로쟈? 무슨 일이 있었나요?"

그녀는 거듭 물었지만, 내가 대답도 없이 울음도 그치려 하지 않자, 눈물에 젖은 내 뺨에 키스하려고 했다.

그러나 나는 얼굴을 옆으로 돌린 채 흐느낌 속에서 속삭였다.

"나는 다 알고 있습니다. 어째서 당신은 나를 장난감으로 취급했습니까? 나의 사랑이 당신에게 무슨 필요가 있지요?"

"당신한테 미안하게 됐어요, 볼로쟈…." 지나이다는 입을 열었다.

"아, 정말 내가 잘못했어요." 그녀는 두 손을 움켜쥐었다. "내 몸 안에는 아주 좋지 못한 어둡고 악한 마음이 숨어 있는가 봐요. 그렇지만 지금은 나도 당신을 장난감으로 취급하지 않아요. 나는 당신을 사랑하고 있어요. 어째서, 어떻게

라는 것은 당신이 꿈에도 생각지 못하겠지만…. 그건 그렇고, 당신은 대체 무엇을 알고 있다는 거지요?"

내가 그녀에게 무슨 말을 할 수 있었을까? 그녀는 내 앞에 서서 빤히 나를 들여다보고 있지 않은가. 그녀가 나를 들여다보기만 하면 나는 곧 머리끝에서 발끝까지 완전히 그녀의 것이 되고 마는 것이다. 15분쯤 지나서 나는 벌써 유년학교 학생과 지나이다와 함께 달리기 내기를 하고 있었다. 나는 이미 우는 것이 아니라 웃고 있었다.—비록 부어오른 눈에서 웃을 때마다 눈물이 한 방울씩 떨어지긴 했지만. 내 목에는 넥타이 대신 지나이다의 리본이 매어졌다. 그리고 그녀의 허리를 붙잡을 수 있었을 때 나는 어찌나 기뻤던지 고함을 지르기까지 했다. 말하자면 그녀는 나를 마음대로 가지고 놀았던 것이다.

아끼던 꽃은 꺾여 산산이 흩어지고

실패로 돌아간 그날 밤의 탐험 뒤, 1주일 동안 내 마음속에 일어난 모든 것을 한 번 자세히 말해 보라고 한다면 나는 아마도 커다란 곤혹을 느낄 것이다. 그것은 괴이한 열병을 앓을 때와 같이 지극히 모순된 감정, 사상, 의혹, 희망, 기쁨, 번뇌—이런 것들이 회오리바람처럼 미친 듯이 휘몰아치는 혼돈된 세계였다. 나는 내 마음속을 들여다보기가 두려웠다.—만일 16살밖에 안 된 소년도 자기 마음속을 들여다볼 수 있다면, 나는 무슨 일이든 분명히 의식하는 것을 꺼렸다. 나는 그저 어떻게 하루를 저녁때까지 보내느냐 하는 것만을 염두에 두었을 뿐이었다. 그 대신 밤에는 잘 잤다. 어린애다운 단순한 생각이 나를 도와준 것이다. 나는 내가 사랑받지 못하고 있다는 것을 스스로 인정하기도 싫었다. 나는 되도록 아버지를 피하려 했으나 지나이다를 피할 수는 없었다. 그녀 앞에 나서면 나는 뜨거운 불에 타는 것 같았다. 그러나 나를 불태우며 녹여버리는 그 불이 대체 어떤 불인지는 별로 알 필요가 없었다.—나로서는 불타며 녹아버리는 것 자체가 말할 수 없이 달콤한 행복이었기 때문이다. 나는 온갖 감상에 스스로를 내맡기고, 자기 자신을 농락해 보기도 하고, 추억을 외면하고, 또 미래에 대한 예감에서 눈을 가려 보기도 했다. 이런 번뇌도 필경 오래 계속되지는 않았을 테지만, 아무튼 청천벽력과 같은 사건이 갑자기 일어나 모든 것을 결말짓고, 나를 새로운 궤도로 옮겨놓아 주었다.

어느 날, 꽤 오랫동안 산책을 하다가 점심을 먹으러 돌아와서 뜻밖에도 나 혼자 식사를 해야 한다는 사실을 알고 놀랐다. 아버지는 어디론가 가버렸고, 어머니는 편치 않으셔서 식사할 생각이 없다고 하며 침실에서 나오지 않았다. 나는 하인들의 표정을 보고 심상치 않은 일이 일어난 것을 눈치챘다. 그렇다고 그들에게 캐물어 볼 수도 없었는데, 다행히도 식당에서 일하는 젊은 하인인 필립이라는 만만한 친구가 있었다. 그는 시를 무척 좋아했고 기타를 잘 쳤다.—나는 그에게 물어보기로 했다. 이 하인한테 들은 바에 의하면, 아버지와 어머니 사이에 큰 소동이 일어났다는 것이었다.—그것을 하녀 방에서 한마디도 빼놓지 않고 죄다 들을 수 있었다. 프랑스 말로 한 대목도 많긴 했지만, 파리에서 온 마샤라는 하녀는 양복점에 5년이나 있었으므로 무슨 말이든 다 알아들었다. 어머니는 아버지의 행실이 나쁘다고 공격하며 옆집 딸과의 교제를 물고 늘어졌다. 아버지는 처음엔 변명했으나 나중에는 불끈 화를 내며 어머니의 나이를 들추며 좀 지나친 대꾸를 했으므로, 어머니는 울음을 터뜨리며 공작부인한테 준 수수료 얘기를 꺼내고 부인뿐만 아니라 딸에 대해서까지 몹시 좋지 않게 말했다. 그러자 아버지는 어머니에게 협박 비슷한 말을 했다는 것이었다.

"이 소동이 일어난 동기는." 하고 필립은 말을 이었다. "발신인 이름이 적혀 있지 않은 편지 때문입니다. 누가 그런 편지를 써 보냈는지 모르지만, 그것만 아니었어도 이런 일이 일어날 리 있겠습니까? 그럴 이유가 없지요."

"그럼, 옆집 딸과 아버지 사이에 무슨 일이 있긴 있었던 모양이군?" 나는 가까스로 물었다. 나의 손발이 싸늘해지며 가슴 속 깊은 곳에서 무엇인가가 와들와들 떨리기 시작했다.

필립은 의미 있게 눈을 깜박였다.

"있고말고요. 그런 일을 끝까지 숨길 수는 없지요. 그 방면으론 주인님도 꽤 조심성이 있으신 편이지만—그러나 우선 예를 든다면 마차 같은 것을 빌려야 하거든요. 아무래도 딴 사람에게 걸리지 않겠어요?" 나는 필립을 돌려보내고 침대 위에 쓰러졌다. 나는 목 놓아 울지도 않았고, 또 절망 속에 빠지지도 않았다. 그리고 언제, 어떻게 일이 그렇게 되었는지를 생각해 보려고도 하지 않았고, 어째서 진작 좀 더 빨리 그것을 눈치채지 못했던가를 이상스럽게 여기지도 않았을 뿐더러, 아버지를 원망스럽게 생각하지도 않았다. 내가 알게 된 이 사실은 내 힘으로는 어쩔 수 없는 일이었다. 이 뜻밖의 발견은 나를 여지없이 부스러뜨리고 말았다. 모든 것은 끝장이 났다. 내가 아끼던 꽃은 한꺼번에 모조리 꺾여, 내 둘레에 산산이 흩어진 채 짓밟혀 버리고 만 것이다.

이튿날 어머니는 이사를 간다고 말했다. 아침에 아버지는 어머니와 침실에 들어가 오랫동안 두 분이서만 얘기를 하였다. 아버지가 무슨 말을 했는지 아무도 들은 사람은 없었지만, 어머니는 더 이상 울지 않았다. 어머니는 마음이 진정되었는지 식사를 가져오라고 했다. 그러나 밖에 나오지도 않고, 이사한다는 결심도 바꾸지 않았다. 지금도 기억하고 있지만, 나는 그날 하루 종일 공연히 이리저리 돌아다니며 시간을 보냈다. 그러나 정원에는 발을 들여놓지 않았고, 또 한 번도 별채 쪽을 바라보지 않았다. 그날 저녁 나는 놀라운 사건을 목격했다. 아버지가 말레프스키 백작의 팔을 붙잡고 응접실에서 문간방으로 끌고 나가더니, 하인들 앞에서 냉정한 목소리로 이렇게 말하는 것이었다.

"이삼 일 전에도 당신은, 어떤 집에서 문 밖으로 나가 달라는 말을 들었다지요. 그러나 나는 여러 말을 할 생각은 없소. 다만 한마디 해두겠는데, 만일 당신이 두 번 다시 내 집에 오면 그때는 들창 밖으로 집어던지고 말 테요. 나는 당신의 필적이 마음에 들지 않소."

백작은 고개를 푹 숙이고 이를 악물면서 몸을 움츠리고는 자취를 감추어버렸다.

시내로 이사 갈 준비가 시작되었다. 아르바트(모스크바에 있는 광장)에 우리 집이 있었던 것이다. 아버지 자신도 이제는 더 이상 별장에 남아 있고 싶지 않은 모양이었다. 그러나 아버지는 어머니에게 소동을 일으키지 않도록 잘 부탁한 것 같았다. 모든 일이 조용하게 천천히 진행되어 갔다. 어머니는 공작부인한테 사람을 보내, 몸이 불편한 탓으로 출발 전에 찾아뵙지 못하여 유감스럽다는 인사를 전했다. 나는 미친 듯이 쏘다녔다. 그리고 한시바삐 모든 것이 결말이 나기를 바랐다. 다만 한 가지 내 머릿속에서 떠나지 않는 생각이 있었다. 어째서 그 젊은 처녀가, 그래도 공작의 딸이라는 어엿한 신분을 가진 여자가 아버지한테, 가정이 있다는 걸 알면서 당돌하게 그런 행동을 할 수 있었을까? 하다못해 벨로브조로프한테라도 시집 갈 수 있을 게 아닌가? 그녀는 대체 아버지한테 무엇을 바랐던 것일까? 자기 장래를 파멸시키는 일을 두려워하지 않은 까닭은 무엇일까? 그렇다, 그것이야말로 사랑이라는 것이다. 나는 생각했다. 바로 그것이 정욕이라는 것이고, 그것이 참된 애착이라는 것이다. "아마도 사람에 따라선 자기 자신을 희생시키는 일에 쾌감을 느낄 수 있는 모양이지." 하고 언젠가 루신이 한 말이 문득 생각났다. 때마침 별채의 들창에 희끄무레한 그림자가 보였다. 저건 지나이다의 얼굴이 아닐까? 과연 그것은 그녀의 얼굴이었다. 나는 참을 수가 없었다. 그녀에게 마지막 인사 한마디 못하고 헤어질 수는 없었던 것이다. 나는 기회를 보아 별채로 찾아갔다.

응접실에서 공작부인이 여느 때처럼 무뚝뚝한 말투로 나를 맞았다.

"어떻게 된 일이에요, 도련님. 왜 그렇게 빨리 옮겨가지요?" 그녀는 양쪽 콧구멍에다 코담배를 쑤셔 넣으며 말했다.

나는 부인의 얼굴을 살펴보고 마음이 가벼워지는 것 같았다. 필립에게서 들은 수표라는 말이 마음에 걸렸었기 때문이다. 부인은 아무것도 알아차리지 못한 모양이었다. 적어도 그때 내 눈에는 그렇게 보였다. 옆방에서 검은 옷을 입고 빗질을 하려고 머리를 풀어 헤친 지나이다가 핼쑥한 얼굴로 나타났다. 그녀는 아무 말 없이 내 손을 잡고는 자기 방으로 끌고 갔다.

"당신 목소리가 들려와서…." 하고 그녀는 입을 열었다. "곧 달려 나왔지요. 당신은 아주 태연하게 우릴 버리고 가는군요? 무정하기도 하지."

"지나이다, 당신한테 마지막으로 작별 인사를 하러 왔습니다." 하고 나는 대답했다. "아마 다시는 만나지 못할 겁니다. 혹시 들으셨는지 모르지만, 우리는 이곳을 아주 떠납니다."

지나이다는 눈을 모아 나를 바라보았다.

"네, 들었어요. 그러나 와 주어서 고마워요. 난 당신을 만나지 못하고 마는가 보다고 생각했지요. 나를 나쁘게 생각하지는 말아 줘요. 이따금 당신을 곯려 주긴 했지만, 그래도 당신이 생각하는 것처럼 그렇게 나쁜 여자는 아니니까요."

그녀는 외면을 하고 창가에 기대고 섰다.

"정말이에요. 난 그런 여자는 아니에요. 당신이 나를 나쁘게 생각하는 건 알고 있어요."

"내가요?"

"네, 당신이…. 당신이 말예요."

"내가요?" 나는 비통한 목소리로 거듭 물었다. 내 심장은 이전처럼 이길 수 없는, 무어라 표현할 수 없는 힘에 매혹되어 떨려 왔다.

"내가 말입니까? 믿어 주십시오. 지나이다 알렉산드로브나, 비록 당신이 무슨 짓을 하고, 또 아무리 나를 괴롭혔더라도, 나는 목숨이 붙어있는 마지막 순간까지 당신을 사랑하겠습니다. 그리고 사모하겠습니다."

그녀는 나에게 몸을 홱 돌리더니 두 팔을 크게 벌려 내 머리를 끌어안고는 뜨겁고도 힘찬 키스를 퍼부었다. 이 열렬한 작별 키스가 누구를 찾는 것이었는지 아무도 모르리라. 그러나 나는 굶주린 듯 그 달콤한 맛에 취했다. 나는 그것이

다시는 되풀이되지 못하리라는 것을 알고 있었다.

"안녕히, 안녕히…." 나는 몇 번이고 되풀이했다.

그녀는 나를 떼어놓고 나가버렸다. 나도 그 집에서 물러 나왔다. 그때 내 가슴에 어렸던 심정을 도저히 그대로 전할 수는 없다. 나는 그러한 심정을 언제건 다시 느낄 수 있게 되기를 결코 바라지 않았다. 그러나 나의 생애에 한 번도 그것을 경험하지 못했다면 나는 자신을 불행하게 여겼을 것이다.

우리들은 시내로 옮겨 왔다. 나는 쉽사리 지나간 일을 잊어버릴 수 없었고, 따라서 금방 공부를 시작할 수도 없었다. 나의 상처가 아물기까지는 오랜 시일이 걸렸던 것이다. 그러나 나는 아버지한테 조금도 나쁜 감정을 품고 있지는 않았다. 오히려 내 눈에는 아버지가 더욱 크게 비치기까지 했다. 심리학자들은 자기들의 이론에 따라 제멋대로 이 모순을 설명하려고 한다.

어느 날 나는 산책길을 걸어가다가 우연히 루신을 만났다. 나는 어찌나 반가웠는지 모른다. 나는 그의 솔직하고 가식 없는 성격이 좋았다. 더욱이 그는 내 마음속의 추억을 되살아나게 한 점에서 내게 더없이 반가운 사람이었다. 나는 그에게로 달려갔다.

"아!" 하고 그는 미간을 좀 찌푸리며 말했다. "자네로군. 그래! 어디 얼굴이나 좀 보여주게. 여전히 얼굴빛은 누렇지만 그래도 눈 속에는 그전처럼 먼지가 끼어 있지 않군. 이젠 방 안에서 기르는 강아지 같은 점은 찾아볼 수 없고, 아주 의젓한 사나이로 보이네. 잘됐어. 그래, 어떤가? 공부라도 하나?"

나는 대답 대신 한숨을 쉬었다. 거짓말은 하고 싶지 않았고, 그렇다고 사실대로 말하는 것도 부끄러웠기 때문이다.

"어쨌든 좋아." 하고 루신은 말했다. "풀 죽어 있을 필요는 없어. 중요한 것은 쓸데없는 데 정신을 팔지 말고, 정상적인 생활을 해야 하는 거야. 공연히 미쳐 봐야 무슨 소용이 있겠나? 물결이란 어느 쪽으로 몰려가든 결코 좋은 일은 없으니까. 인간이란 비록 단단한 바위 위에서 있다 해도 역시 자기 몸을 받쳐주고 있는 건 제 다리거든. 나는 요새 이렇게 쿨룩쿨룩 기침을 하고 있다네. 그건 그렇고, 벨로브조로프 말인데— 자네, 소식 들었나?"

"어떻게 됐습니까? 난 듣지 못했는데요."

"행방불명이 되어 버렸어. 카프카스로 갔다는 말도 있는데, 자네처럼 젊은 친구에겐 좋은 교훈이 될 거야. 그것도 결국은 적당한 시기에 단념을 하고 굴레에서 빠져나올 수 없었던 데 원인이 있지. 그래도 자네는 용케 빠져나온 모양이네만, 또다시 걸려들지 않도록 조심해야 하네. 그럼, 잘 있게."

이젠 걸려들지 않을 걸…. 다시는 그녀를 만나지 않을 테야 하고 나는 마음속으로 다짐했다.

그러나 나는 또 한 번 지나이다를 만날 운명을 지니고 있었다.

여자의 사랑을, 그 행복, 그 독을 두려워하라

아버지는 날마다 말을 타고 외출했다. 아버지는 썩 좋은 영국산 밤색 말을 가지고 있었는데, 목이 가늘고 다리가 늘씬하며 지칠 줄 몰랐지만 성미는 아주 사나웠다. 이름은 엘렉트릭이라 불렀다. 아버지를 빼놓고는 아무도 그 말을 다룰 수 없었다. 어느 날 아버지는 기분이 좋은 표정으로 내 방에 들어왔다. 정말 오랜만의 일이었다. 외출할 채비를 하고 장화에 박차까지 달고 있었다. 그래서 나는 함께 데리고 가 달라고 졸랐다.

"그보다 말타기 놀이나 하고 노는 게 좋을 거야." 하고 아버지는 대답했다. "너의 그 독일종 말로는 나를 좇아오지 못할 걸."

"좇아갈 수 있어요. 나도 박차를 달 테니까요."

"그럼, 맘대로 하렴."

우리들은 집을 나섰다. 내 말은 털이 북슬북슬한 시꺼먼 망아지였는데, 다리가 튼튼하여 곧잘 달렸다. 하기는 엘렉트릭이 마음껏 달릴 때는 있는 힘을 다하여 발을 자주 놀려야 했지만 어쨌든 뒤떨어지지 않고 용케 좇아갔다. 나는 아버지만큼 말을 잘 타는 사람을 본 적이 없다. 아버지의 말 탄 모습은 아주 맵시 있었고, 또 아무렇게나 말을 다루는데도 날쌘 솜씨가 엿보였다. 그래서 아버지를 태운 말조차 그것을 알고 자랑스럽게 여기는 것같이 보였다. 우리는 가로수가 우거진 거리를 하나도 빼놓지 않고 모두 돌고는, 제비치에 들판을 이리저리 돌아다니며 몇 번이나 울타리를 뛰어넘었으며—처음에 나는 뛰어넘는 것이 무서웠지만, 아버지가 겁쟁이를 경멸하고 있었으므로 나도 겁을 내지 않기로 했다.— 모스크바 강을 두 차례나 건넜다. 그래서 나는, 이제는 집으로 돌아가려니 생각했다. 더욱이 아버지도 내 말이 지쳤다는 것을 알아차렸기 때문이다. 그러나 아버지는 갑자기 내 곁을 떠나 크르임스키 여울 근처에서 방향을 옆으로 돌리더니 강변을 따라 자꾸만 달려갔다. 나도 그 뒤를 따라 말을 몰았다. 낡은 통나무 목재를 높게 쌓아올린 곳까지 와서 아버지는 날쌔게 엘렉트릭에서 내리더니, 나에게도 말에서 내리라고 했다. 그리고 자기 말고삐를 내게 주며 통나무 옆에서 잠깐 기다리게 하고는 혼자 좁다란 골목길로 들어가 버렸다.

나는 말 두 필을 끌고 엘렉트릭을 쉴 새 없이 나무라면서 강변을 이리저리 걸어 다녔다. 엘렉트릭은 걸으면서도 연방 머리를 내저으며 몸을 부르르 떨기도 하고, 코를 킁킁거리다가는 으흐흥 큰 소리를 지르기도 하고, 또 내가 멈춰 서면 앞발로 번갈아가며 땅을 파헤치고 으르렁거리며, 내 독일종 말의 목을 물려고 덤볐다. 말하자면 귀여움을 받고 자란 순종답게 굴었다. 아버지는 쉬이 돌아오지 않았다. 강 쪽에서는 퀴퀴하고 습기 찬 바람이 불어왔다. 가랑비가 소리 없이 내리기 시작하여 모양 없는 회색 통나무에 거무죽죽한 무늬가 만들어졌다. 나는 하릴없이 그 통나무 옆을 왔다 갔다 했다. 외롭고 서글픈 마음이 들었다. 그러나 아버지는 좀처럼 돌아와 주지 않았다. 핀란드 출신 같아 보이는 교통순경이 아래위로 모두 회색 옷을 입고, 항아리 모양의 낡은 헬멧을 뒤집어쓰고는 기다란 몽둥이를 들고 나한테로 가까이 왔다. 어째서 교통순경이 이런 모스크바 강변에 있을까? 그는 노파같이 주름살투성이인 얼굴을 들이대며 말을 걸었다.

"도련님, 웬 말을 두 필씩이나 끌고 이런 데서 뭘 하오? 자, 이리 주시오. 내 좀 붙잡고 있을 테니."

나는 대답하지 않았다. 그는 나한테 담배를 하나 달라고 했다. 이 귀찮은 순경을 피하려고—더욱이 기다리고 있기가 답답해서 견딜 수 없었기 때문에— 나는 아버지가 사라진 방향으로 슬금슬금 발길을 옮겼다. 골목길 끝까지 가서 모퉁이를 돌아서면서 나는 그만 걸음을 멈추고 말았다. 내가 있는 데서 40보쯤 되는 큰길, 어떤 목조건물의 열려진 창 앞에서 아버지가 이쪽으로 등을 돌리고 서 있었다. 아버지는 들창 문턱에 가슴을 대고 있었다. 집 안에서는 검은 옷을 입은 여자가 커튼에 반쯤 몸을 가리고 앉아서 아버지와 이야기하고 있었다. 그 여자는 지나이다였다.

나는 그만 그 자리에서 돌기둥이 되어 버렸다. 솔직히 말해 나는 이런 일이 있으리라고는 꿈에도 생각지 못했다. 나는 달아나려 했다. 혹시 아버지가 돌아다본다면 하는 생각이 들었기 때문이다. 나는 파멸이다. 그러나 그 어떤 이상한 감정이—호기심보다도 강하고 시기심보다도 강하고 공포보다도 강한 감정이— 내 발을 떼지 못하게 했다. 나는 그쪽을 유심히 바라보며 열심히 귀를 기울였다. 아버지는 무엇인지를 고집하고 있는 것 같았다. 그리고 지나이다는 아버지의 의견에 따르려 하지 않는 눈치였다. 지금도 나는 그때의 그녀 얼굴을 눈앞에 똑똑히 그려 볼 수 있다.—슬프고도 심각한 표정을 한 그 아름다운 얼굴엔 형용할 수 없는 우수와, 몸도 마음도 모두 바쳐 버린 듯한 애정과 함께 그 어떤 절망의 그림자가 깃들어 있었다.— 나는 이 밖에 다른 말을 찾아낼 수 없다. 그녀는 짤막한 말로 간단히 대꾸하고는 눈을 내리깐 채 엷은 웃음을 띠고 있을 뿐이었는데, 그것은 온순하면서도 완고한 결심이 서려 있는 미소였다. 나는 오직 그 미소에서만 이전의 지나이다를 발견할 수 있었을 뿐이었다. 아버지는 어깨를 흠칫해 보이고 모자를 고쳐 썼다.—그것은 아버지가 마음이 초조해질 때 언제나 하는 버릇이었다. 조금 뒤, "당신은 헤어져야 해요, 이런…." 하는 말이 들렸다. 지나이다는 몸을 똑바로 펴고 한손을 내밀었다. 순간 내 눈앞에서 도저히 있을 수 없는 일이 일어났다. 아버지가 자기 팔소매의 먼지를 털고 있던 채찍을 느닷없이 휘둘러 올렸다. 뒤이어 팔꿈치까지 내놓은 그녀의 팔에 채찍을 맞는 날카로운 소리가 들려왔다. 나는 악 하는 소리가 나오려는 것을 가까스로 참았다. 지나이다는 꿈틀 몸을 떨고는 말없이 아버지를 쳐다보고 나서, 자기 손을 조용히 입으로 가져가 빨갛게 된 채찍 자국에 입을 맞추었다. 아버지는 채찍을 내던지고는 빠른 걸음으로 현관 층계를 달려 올라가 집 안으로 뛰어 들어갔다. 지나이다는 몸을 돌렸다. 그리고 두 손을 벌리고 머리를 뒤로 젖히면서 들창가에서 떨어져 갔다.

나는 놀란 나머지 정신이 마비되어 의혹에 찬 공포를 가슴에 안은 채 왔던 길을 되돌아 나왔다. 하마터면 나는 엘렉트릭을 놓칠 뻔 하면서 골목길을 빠져나와 강변으로 돌아왔다. 도대체 어떻게 된 영문인지 이해할 수가 없었다. 냉정하고도 참을성 있는 성격을 지닌 아버지가, 이따금 광적인 발작을 일으킬 때가 있다는 것은 알고 있었지만, 그래도 나는 방금 내가 본 것이 무엇인지 이해가 가지 않았다. 그러나 나는 곧 이렇게 느꼈다.—앞으로 내가 얼마를 더 살더라도 지나이다의 그 몸짓, 그 눈매, 그 미소를 언제까지나 잊을 수 없을 것이라고. 그녀의 모습—뜻밖에 내 눈에 비쳐진 그 새로운 모습은 영원히 내 기억 속에 새겨진 것이다. 나는 하염없이 강물을 바라보며 눈물이 줄줄 흘러내리는 것도 모르고 있었다. 그 여자가 매를 맞다니… 하고 나는 생각했다. 매를 맞다니… 매를 맞다니….

"얘야, 뭘 하느냐, 말을 이리 다오!" 등 뒤에서 아버지의 목소리가 들렸다.

나는 기계적으로 말고삐를 아버지에게 내주었다. 아버지는 훌쩍 엘렉트릭에 올라탔다. 추위에 떨고 있던 말은 몸을 곤두세우고 두 칸쯤 앞으로 껑충 뛰었다. 그러나 아버지는 곧 그것을 진정시켰다. 말 옆구리를 박차로 꾹 누르고 목덜미를 주먹으로 내리친 것이다.

"제기랄, 채찍이 없군." 아버지는 투덜거렸다.

나는 조금 전에 그 채찍이 찰싹 하고 그녀의 팔을 후려치던 소리가 귓가에 맴도는 것 같아서 저절로 몸을 부르르 떨었다. 잠시 뒤 내가 물었다.

"채찍을 어쩌셨어요?"

아버지는 대답도 않고 앞으로 말을 달렸다. 나는 뒤를 바싹 좇아갔다. 나는 아버지 얼굴을 꼭 보고 싶었던 것이다.

"혼자 적적했겠구나." 아버지는 이 사이로 내뱉듯 말했다.

"네, 좀. 그런데 채찍을 어디다 떨어뜨리셨어요?" 나는 다시 한 번 물어보았다.

아버지는 나를 흘끗 바라보더니 대답했다.

"떨어뜨린 게 아니야, 버렸지."

아버지는 무엇을 생각하는 듯 고개를 숙였다. 이때 나는 처음으로, 그리고 아마도 마지막으로 아버지의 엄격한 얼굴의 전체가 얼마나 부드러운 인정과 연민의 정을 나타낼 수 있는가를 보게 되었다.

아버지는 다시 말을 달리기 시작했다. 나는 더 이상 그 뒤를 좇아가지 못하고 아버지보다 15분이나 늦게 집으로 돌아왔다.

"그것이 사랑인가 보다." 이미 공책과 교과서들이 놓인 책상 앞에 앉아서 그날 밤 나는 또 이런 말을 중얼거렸다.

"그것이 정욕이라는 것이다! 어떤 사람한테라도… 비록 자기가 사랑하는 사람한테라도 그렇게 얻어맞으면 분개하지 않을 수 없을 것 같은데, 그러나 사랑에 빠지면 그럴 수도 있을 거야. 그런데 나는… 얼마나 어리석은 생각을 하였던가…."

이 한 달 동안은 나의 정신을 여간 성숙케 한 것이 아니었다. 그리고 나의 사랑이나, 거기에 따르는 온갖 번민과 고통도 내가 이제야 겨우 상상할 수 있게 된 미지의 그 무엇인가에 비한다면 어쩐지 아주 조그맣고 어린애 장난 같은 것으로 여겨졌다. 그 무엇이란 마치 사람이 어슴푸레한 어둠 속에서 분간해 내려고 헛되이 애쓰는, 미지의, 아름다우면서도 한편 무시무시한 얼굴처럼 내 마음을 위협하는 것이었다.

바로 그날 밤, 나는 괴이하고도 무서운 꿈을 꾸었다. 나는 천장이 낮고 어두운 방에 있는 것 같았다. 아버지가 한손에 채찍을 들고 서서 발을 쾅쾅 구르고 있었다. 한구석에는 지나이다가 몸을 움츠리고 있었는데, 팔이 아니라 이마 위에 붉게 부풀어 오른 줄이 보였다. 그러자 두 사람 뒤에서 온몸이 피투성이가 된 벨로브조로프가 몸을 일으키더니 파리한 입술을 놀려 분노에 찬 목소리로 아버지를 위협하였다.

두 달 뒤 나는 대학에 들어갔다. 그 뒤 반년이 지나 아버지는 페테르부르그에서—졸도로— 갑자기 세상을 떠났다. 그것은 아버지가 어머니와 나를 데리고 그곳으로 이사 온 바로 뒤에 일어난 일이었다. 죽기 4, 5일 전에 아버지는 모스크바에서 온 편지를 한 통 받았는데, 그것을 보고 몹시 흥분했던 모양이었다. 아버지는 어머니한테 무엇인가를 부탁했다. 그리고 눈물까지 흘렸다고 한다. 이것이 바로 나의 아버지였던 것이다! 졸도를 일으킨 그날 아침에 아버지는 프랑스어로 나에게 편지를 쓰기 시작하다가 그만두었다.

"내 아들아." 편지에는 이렇게 씌어 있었다. "여자의 사랑을 두려워하라. 그 행복, 그 독을 두려워하라…."

어머니는 아버지가 돌아가신 뒤 꽤 많은 돈을 모스크바로 보냈다.

4년쯤 지났다. 나는 대학을 막 졸업했을 뿐이었으므로 무슨 일을 시작해야 할지, 어떤 문을 두드려야 할지 아직 모르고 있었다. 그래서 얼마 동안 하는 일 없이 빈둥빈둥 놀고 있었다. 어느 날 저녁 나는 뜻밖에도 극장에서 마이다노프를 만났다. 그는 결혼하고 취직도 했다는데, 내가 보기엔 조금도 달라진 데가 없었다. 그는 여전히 쓸데없이 감격하는가 하면, 금방 풀이 죽어 버리는 것이었다.

"자네 아나?" 하고 그는 말했다. "돌리스카야 부인이 이곳에 있네."

"돌리스카야 부인이라니, 누구 말입니까?"

"아니, 자네 잊었나? 왜 우리 모두가 홀딱 반했던 그 자세킨 공작의 딸 말일세. 자네도 역시 우리 측에 끼지 않았었나? 생각나겠지, 네스쿠치느이 공원 근처의 별장에서 말이야."

"그녀가 돌리스카야와 결혼했나요?"

"그렇다네."

"그럼, 그녀가 여기 이 극장에 와 있단 말입니까?"

"아니, 페테르부르그에 있지, 요 며칠 전에 이곳에 왔는데, 외국으로 떠날 준비를 하고 있다더군."

"남편은 어떤 사람인데요?" 하고 나는 물었다.

"아주 좋은 사람으로 재산도 꽤 가지고 있지. 모스크바에 있을 때 내 동료였어. 자네도 알고 있는 그 사건 뒤…. 아마 자네도 그 사건을 잘 알고 있을 테지만—마이다노프는 의미심장한 미소를 지어 보였다.— 그녀는 배우자를 구하기가 꽤 힘들었지. 여러 가지 소문이 뒤따라 다녔으니까. 그러나 본디 영리한 여자니 불가능한 일이 있겠나. 한 번 찾아가 보게. 자네라면 아주 반가워할 거야. 그녀는 더 예뻐졌다네."

마이다노프는 지나이다의 주소를 가르쳐 주었다. 그녀는 '제무트'라는 호텔에 묵고 있었다. 오래된 추억이 내 마음을 설레게 했다. 나는 이튿날이라도 곧 '옛 애인'을 찾아가리라 생각했다. 그러나 무슨 일이 생겨 한 주일 두 주일 그대로 넘겨 버렸다. 드디어 제무트 호텔에 가서 돌리스카야 부인을 찾았을 때—뜻밖에도 나는 그녀가 나흘 전에 해산을 하다가 죽었다는 말을 들었다.

나는 무엇인지 가슴 속에서 덜컥 내려앉는 것을 느꼈다.

내가 기대했던 모든 것 중에서 과연 무엇이 실현되었는가?

봄날 새벽에 한바탕 휘몰아치고 지나간 뇌우보다 더욱 상쾌하고 귀중한 추억이 과연 남아 있다고 할 수 있을까?

나는 그녀를 만나볼 수 있었는데도 끝내 만나지 못하고 말았구나. 그리고 이제는 그녀를 영영 볼 수 없게 되었구나 하는 비통한 상념이 거역할 수 없는 격렬한 비난이 되어 내 마음을 파고들었다. "죽고 말다니!" 나는 흐려 오는 눈으로 문지기를 바라보며 이렇게 되뇌었다.

나는 조용히 큰길로 나와 정처 없이 걷기 시작했다. 지나간 모든 일이 한꺼번에 떠올라 눈앞을 가로막았다. 그 젊은 열렬하고 빛나던 생명은 이리하여 끝장이 났단 말인가! 그처럼 조급히 흥분하며 애타게 달려간 궁극의 목적이 이런 것이었던가! 나는 생각하며 이제는 축축한 땅 밑, 어둠 속에 묻혀 좁은 관 속에 들어 있을 그 귀한 모습, 그 눈, 그 머리칼을 머릿속에 그려 보았다.—그것은 아직도 살아 있었으며, 내게서 먼 거리에 있는 게 아니었다. 그리고 나의 아버지와는 겨우 몇 발자국밖에 안 되는 거리에 있는지도 몰랐다. 나는 이런 생각을 하며 공상의 날개를 폈다.

그러는 동안 다음과 같은 구절이 가슴에 울려 왔다.

> 무심한 사람의 입으로부터
> 나는 들었노라,

그리고 나 또한 무심히
그 말에 귀를 기울였노라.

오! 청춘이여! 청춘이여! 그대는 아무것에도 구속을 받지 않는다. 그대는 마치 우주의 온갖 보물을 차지하고 있는 것 같다. 우수도 그대에게는 위로가 되며, 비애조차 그대에게는 어울린다. 그대는 대담하며 자부심이 강하다. 그대는 '보아라, 사람들아, 세상은 오로지 나의 것이다!'라고 말하지만, 그대의 좋은 시절도 흘러가 드디어는 흔적도 없이 사라져버린다. 그러면 그대가 차지했던 모든 것은 햇빛을 받은 흰 밀랍처럼, 또는 눈처럼 녹아 사라져버린다. 어쩌면 그대가 지니는 아름다움의 비밀은 무엇이든 해내리라고 생각할 수 있는 가능성에 있는 것이지도 모른다. 그대의 충만한 힘을 다른 어느 것에도 기울여보지 못하고 바람결에 따라 흩날려 보내는—그런 점에 숨어 있는지도 모른다. 우리들이 누구나가 다 스스로를 진심으로 낭비라고 믿고 있는— 그런 점에 숨어 있는지도 모른다. 우리들이 누구 할 것 없이 모두 마음속으로부터 "아, 만일 내가 헛되이 세월을 보내지 않았더라면 무슨 일이든 다 해냈을 텐데!"라고 말할 수 있는 권리를 가졌다고 믿는— 그런 점에 숨어 있는지도 모른다.

나 자신도 역시 그렇다. 순간적으로 떠오르는 첫사랑의 환영을 오직 한 가닥 한숨과 권태로운 감각만으로 간신히 더듬는 주제에 내가 과연 무엇을 바라고 무엇을 기대할 수 있었으랴? 얼마나 풍성한 미래를 바라볼 수 있었으랴?

내가 기대했던 모든 것 중에서 과연 무엇이 실현되었는가? 그리고 나의 인생에 황혼의 그림자가 깃들기 시작한 지금, 봄날 새벽에 한바탕 휘몰아치고 지나간 뇌우보다 더욱 상쾌하고 더욱 귀중한 추억이 과연 남아 있다고 할 수 있을 것인가?

그러나 나는 공연히 스스로를 비방하고 있는지도 모른다. 그 철없던 젊은 시절에도 나는 나에게 호소하는 슬픈 목소리나, 무덤 속에서 들려오는 엄숙한 목소리에 귀를 틀어막고 있었던 것은 아니다. 지금도 기억하고 있지만 지나이다의 죽음을 안 지 며칠 안 되어 나는 스스로 억제할 수 없는 충동에 이끌려 우리와 한 집에 살고 있던 어느 가난한 노파의 임종을 보았다. 누더기에 싸여 딱딱한 판자 위에 자루를 베개로 하고 누워 그 노파는 몹시 괴로워하며 애타게 숨을 거두었다. 그녀의 일생은 그날 그날의 생활에 필요한 것을 얻으려는 고난에 찬 투쟁 속에서 흘러가버린 것이다. 그녀는 기쁨이라는 것을 몰랐고, 행복의 단꿈도 맛보지 못했다.—이러한 그녀는 자유와 평안함을 주는 죽음을 기쁘게 생각해야 할 것이 아닌가? 그러나 그 늙어빠진 육체를 버릴 수 있는 순간까지, 그 얼음장 같은 손 밑에서 가슴이 애끓는 호흡을 계속할 수 있는 순간까지, 노파는 쉴 새 없이 성호를 그으면서, "주여, 내 죄를 사하여 주시옵소서." 하고 자꾸만 입 속으로 되뇌었던 것이다.— 그리하여 최후의 의식이 번쩍했다가 꺼졌을 때, 비로소 노파의 눈에서도 죽음에 대한 무서움과 두려움의 표정이 사라졌다. 나는 지금도 기억하고

있지만, 이 가난한 노파의 임종을 기다리고 있는 동안 지나이다의 최후가 연상되어 무서운 생각이 들었다. 그래서 그녀를 위해서, 아버지를 위해서, 그리고 나 자신을 위해서 기도를 올리고 싶어졌던 것이다.

별 -프로방스의 어느 목동 이야기

알퐁스 도데

프랑스의 서정주의 작가 알퐁스 도데의 대표작 〈별〉은 산에서 양치기를 하며 외롭게 지내는 프로방스 지방 어느 목동의 하룻밤의 꿈같은 사랑이야기이다. 산에서 양을 치는 순박한 스무 살의 목동은 어느 날 뜻하지 않게 식량을 실은 노새와 함께 자신이 짝사랑하던 주인집 따님인 스테파네트 아가씨를 맞이하게 된다. 그날 밤, 목동은 불을 지피고 자신의 모피를 벗어 아가씨의 어깨에 덮어주고 말없이 나란히 앉는다. 그때 아름다운 유성 한 줄기가 두 사람의 머리 위로 지나가고 아가씨는 "저게 뭐니?" 하고 묻고 목동은 "전국으로 가는 영혼이래요."라고 답한다. 아가씨는 하늘의 별들에서 시선을 떼지 못한 채 "저 별들의 이름을 알고 있니?" 하고 목동에게 묻는다. 목동은 아침 해가 떠오를 때까지 '저 많은 별들 가운데 가장 아름답고 찬란한 별 하나가 길을 잃고 내 어깨에 기대여 잠들어 있구나' 하며 잊을 수 없는 여름밤을 지새운다.

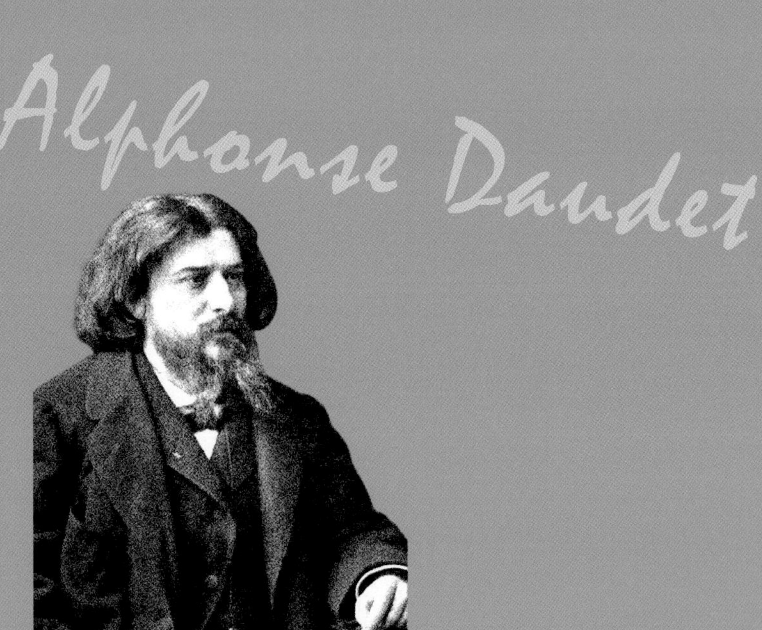

나는 잠든 아가씨의 얼굴을 보며 꼬박 밤을 새웠습니다. 우리 주위에는 총총한 별들이 마치 헤아릴 수 없이 많은 양떼처럼 고요히 운행하고 있었습니다. 내 어깨에 기대 잠든 아가씨를 보며 이런 생각을 했습니다. '저 숱한 별들 가운데 가장 가냘프고 가장 빛나는 별 하나가 어쩌다 길을 잃어 내 어깨에 내려앉아 고이 잠들어 있구나.'

내 가장 아름다운 사람에게

내가 뤼브롱 산에서 양을 치고 있을 때의 이야기입니다. 그때 나는 혼자 목장에 남아, 몇 주씩 사람 그림자도 못 보며 지냈습니다. 양떼와 사냥개 검둥이만 상대하고 있었지요. 그러다보니 내가 손꼽아 기다리는 날은, 농장에서 일하는 꼬마 미아로나 노라드 아주머니가 보름치 양식을 가져다 주는 날이었습니다. 그런 날이나 돼야, 어느 집 아이가 영세를 받았는지, 누가 결혼을 했는지, 산 아래 마을 소식을 들을 수 있었거든요.

그러나 무엇보다도 내가 궁금한 건, 우리 농장의 주인집 딸인 스테파네트 아가씨가 어떻게 지내는가 하는 것이었습니다. 나는 별로 관심 없는 척하면서, 아가씨가 잔치에 자주 가는지, 지금도 새로 나타난 멋쟁이 신사들이 아가씨의 환심을 사러 오는지를 넌지시 알아보곤 했습니다.

혹시 누군가 내게, "산에서 양떼나 돌보는 양치기가 그런 걸 알아서 무얼 하느냐?"고 묻는다면, 나는 이렇게 대답할 참이었습니다. 그때 내 나이가 혈기왕성한 스무 살이었다고. 그리고 스테파네트 아가씨는 그때까지 내가 본 사람 중에 가장 아름다운 사람인데, 어떻게 관심을 안 가질 수 있겠느냐고 말입니다.

별 그리움

그러던 어느 일요일이었습니다. 눈이 빠지도록 양식 오기

를 기다리고 있는데, 그날따라 노새는 아주 늦게 도착했습니다. 아침나절에는 이렇게 생각했습니다. '정오에 드리는 큰 미사를 보고 오느라 늦는 걸 테지.'

그런데 점심때쯤 소나기가 퍼붓는 겁니다. 그래서 이번에는, 길이 나빠서 노새를 몰고 떠날 수가 없었나 보다며 초조한 마음을 달랬습니다. 드디어 오후 세 시가 지날 무렵, 하늘이 말끔하게 개면서 물기를 머금은 산이 온통 햇빛으로 반짝일 때였습니다. 나뭇잎에 맺혀 있던 물방울 떨어지는 소리와 물이 불어난 시냇물이 콸콸 흐르는 소리 속에 노새의 방울 소리가 짜랑짜랑 들려왔습니다.

그런데 노새를 몰고 온 것은 꼬마 미아로도, 노라드 아주머니도 아니었습니다. 그게 말이지요. 누구였냐 하면, 바로 우리 아가씨였습니다. 전혀 생각지 못했던 스테파네트 아가씨가 바구니를 실은 노새 등에 꼿꼿이 앉아, 언덕을 올라오고 있는 겁니다. 소나기가 내린 뒤에 싸늘하게 씻긴 공기를 쐬어 그런지, 아가씨의 뺨은 발갛게 상기돼 있었습니다.

노새에서 내리면서 아가씨가 말했습니다.

"미아로는 아파서 누워 있고, 노라드 아주머니는 휴가를 얻어 아이들을 보러 갔어. 그래서 내가 대신 온 거야. 그런데 오는 길에 길을 잃어서 늦어졌지 뭐야."

그러나 내 눈에는 아가씨 머리에 꽂은 리본이며, 눈부신 치마, 곱게 빛나는 레이스가 덤불 속에서 길을 헤맨 게 아니라, 마치 어느 무도회에 갔다 오느라 늦은 것처럼 보였습니다. 고 귀여운 모습! 그걸 어떻게 말로 표현할 수 있을까요?

사실 난 지금까지 아가씨를 그렇게 가까이에서 본 적이 없었습니다. 어쩌다 농장에 내려가 저녁을 먹고 있으면, 아가씨가 식당을 휙 가로질러 가는 때도 있었지만, 하인들에게 말을 거는 일은 거의 없었거든요. 그런데 지금 그 아가씨가 바로 내 눈앞에 와 있는 것입니다. 그것도 오로지 나만을 위해서 말입니다. 그러니 내가 넋을 잃을 만도 하지 않나요?

바구니에서 식량을 내리자마자, 아가씨는 신기한 듯 주위를 휘휘 둘러보았습니다. 아름다운 나들이옷을 더럽힐까 봐 치맛자락을 살짝 걷어 올리더니, 양을 몰아넣는 울 안으로 들어갔습니다. 양 모피를 깔아 놓은 내 잠자리며, 벽에 걸린 구식 엽총과 채찍 따위가 아가씨 눈에는 신기하고 재미있게 보이는 모양이었습니다.

"그래, 여기서 산단 말이지? 가엾기도 해라. 밤낮 이렇게 지내면 얼마나 외롭고 답답할까? 뭘 하며 시간을 보내지? 무슨 생각을 할까?"

'당신을 생각하지요, 아가씨.'

나는 이렇게 대답하고 싶은 걸 꾹 참았습니다.

"예쁜 여자 친구라도 가끔 만나러 올라오니? 여자 친구가 찾아오면, 마치 산봉우리를 날아다니는 요정을 보는 것 같겠구나."

이런 말을 하며 머리를 뒤로 젖히고 웃는 아가씨의 모습이야말로 영락없는 요정 같았습니다. 그런데 서운하게도 아가씨는 이내 마을로 돌아갈 채비를 했습니다.

"잘 있어라, 목동아."

"조심히 내려가세요, 아가씨."

잠시 뒤, 빈 바구니를 노새 등에 싣고 떠난 아가씨가 비탈진 산길을 따라 감쪽같이 사라졌습니다. 그러나 그 노새 발굽에 채여 굴러 떨어지는 돌멩이 소리는 계속 들려왔고, 그 돌멩이 하나하나가 제 심장을 쿵쾅거리며 요동치는 것 같았습니다. 나는 한참 동안 손가락 하나 까딱 하지 못하고, 꿈에라도 취한 듯 멍하니 서 있었습니다.

별똥별, 한 영혼이 천국으로 들어가다

저녁때가 다 되어, 저 멀리 내려다보이는 산골짜기가 서서히 푸른빛으로 변하고, 양들도 매매 울면서 울 안으로 들어가려고 몸을 비비댔습니다. 그런데 바로 그때 산 아래로 내려가는 언덕배기에서 나를 부르는 소리가 들렸습니다. 스테파네트 아가씨의 목소리였습니다. 곧이어 아가씨의 모습이 보이는 게 아니겠어요?

좀 전까지 생글생글 웃던 모습은 간 데 없고, 물에 흠뻑 젖어 추위와 무서움에 오들오들 떨고 있었습니다. 소나기로 불어난 강을 건너려다 물에 빠진 것 같았습니다. 더욱 난처한 건, 날이 저물어 농장으로 돌아갈 생각은 꿈에도 할 수 없게 되었다는 것입니다.

지름길이 있기는 해도 아가씨 혼자서는 도저히 찾아갈 수 없고, 그렇다고 내가 양떼를 버려두고 아가씨를 모셔다

드릴 수도 없으니까요. 아가씨는 산 위에서 밤을 새야 하고, 가족들이 걱정할 거란 생각에 안절부절 못했습니다.

"아가씨, 칠월이라 밤이 아주 짧습니다. 조금만 참고 기다리시면 됩니다."

나는 아가씨를 달래놓고, 급히 불을 피워 젖은 옷과 발을 말리게 했습니다. 우유와 치즈도 가져다주었습니다. 하지만 아가씨는 불을 쬐려고도, 음식을 먹으려고도 하지 않았습니다. 그저 구슬 같은 눈물만 글썽거릴 뿐이었습니다. 그 모습을 보고 있자니, 나까지 같이 울고 싶어지더군요.

밤이 오자, 나는 아가씨더러 울 안에 들어가 쉬시라고 말씀드렸습니다. 새 짚더미 위에, 아직 한 번도 쓰지 않은 새 모피를 깔아놓고, 안녕히 주무시라는 인사를 하고 밖으로 나와 문 앞에 앉았습니다. 잠자리는 누추하기 짝이 없었지만, 내가 사는 곳에서 아가씨가 내 보호를 받으며 쉬고 있다는 생각에 가슴이 벅차올랐습니다. 그때처럼 밤하늘의 별들이 찬란하게 보인 적은 없었답니다.

그런데 갑자기 사립문이 삐걱 열리면서 아름다운 스테파네트가 밖으로 나왔습니다. 아마 잠을 이루기가 힘든 것 같았습니다. 양들이 뒤척일 때마다 짚이 버스럭거리고, '매' 하고 우는 양들도 있으니까요. 그래서 억지로 누워 있느니 차라리 모닥불 곁으로 오고 싶었을 것입니다. 나는 염소 모피를 벗어 아가씨 어깨에 걸쳐주고, 모닥불을 더 크게, 이글이글 피워 놓았습니다. 그리고 우리 둘은 아무 말 없이 나란히 앉았습니다.

나야 추운 데서 밤을 새는 게 일상이지만, 아가씨에게는 모두 잠든 깊은 밤중에 깨어 있는 게 낯선 일이었을 겁니다. 그래서 아가씨는 조금이라도 바스락거리는 소리만 나도, 소스라치며 내게로 바싹 다가앉았습니다. 한번은 저 아래쪽 연못에서 처량한 소리가 길게 나더니, 그 순간 아름다운 별똥별이 우리 머리 위를 스쳐 지나갔습니다.

"어머, 저게 무얼까?"

스테파네트가 나지막한 목소리로 물었습니다.

"한 영혼이 천국으로 들어가는 겁니다."

나는 이렇게 대답하고 성호(가톨릭 신자가 거룩한 표라는 뜻으로, 손으로 가슴에 긋는 십자가를 이르는 말)를 그었습니다. 아가씨도 나처럼 성호를 따라 긋고는 고개를 들고 하늘을 쳐다보며 뭔가 깊은 생각에 잠겼습니다. 그러더니 불쑥 이렇게 묻더군요.

"그런데 목동들은 모두 점쟁이라고 하던데, 정말이니?"

"천만에요, 그렇지 않아요. 다만 여기서 우리는 여느 사람들보다 별들과 더 가까이 지낼 뿐이랍니다. 그러니 저 아래 평지에 사는 사람들보다는 별들 가운데서 무슨 일이 일어나는지 더 잘 알 수 있지요."

아가씨는 여전히 하늘을 바라보고 있었습니다. 손으로 턱을 괸 채 염소 모피를 두르고 있는 그 모습은, 영락없이 귀여운 천국의 목자였습니다.

가장 아름답게 빛나는 별 하나

"세상에, 별이 저렇게나 많다니! 너무나 아름다워! 저렇게 많은 별은 생전 처음이야. 넌 저 별들 이름을 잘 알겠지?"

"네, 아가씨. 저쪽에 저 별이 '삼왕성(오리온자리)'이에요. 우리 목동에게는 시계 노릇을 해 주는 별이지요. 그 별을 쳐다보기만 해도, 나는 지금 시각이 자정이 지났다는 걸 안답니다. 그리고 남쪽으로 좀 더 아래에 있는 반짝이는 저 별이, 별들의 횃불인 쟝 드 밀랑(시리우스)인데요. 저 별에 관해서는 목동들 사이에 이런 얘기가 전해오고 있어요. 어느 날 밤, 쟝 드 밀랑은 삼왕성과 '병아리 장(북두칠성)'들과 함께 친구 별의 잔치에 초대를 받았다나 봐요. '병아리 장'은 남들보다 일찍 서둘러 떠나 맨 먼저 윗길로 들어갔고, 삼왕성은 좀 더 아래로 곧장 가로질러 '병아리 장'을 따라갔답니다. 그런데 게으름뱅이 쟝 드 밀랑이 늦잠을 자다가 그만 꼬리가 되고 말았지 뭐에요. 그래서 화가 나서 그들을 멈추게 하려고 지팡이를 냅다 집어던졌다나 봐요. 삼왕성을 '쟝 드 밀랑의 지팡이'라고 부르는 건 그 때문이지요. 그렇지만 온갖 별들 가운데 가장 아름다운 별은요, 그건 뭐니 뭐니 해도 역시 우리들의 별이랍니다. 저 '목동의 별' 말이에요. 우리가 새벽에 양떼를 몰고 나갈 때나 저녁에 다시 몰고 돌아올 때, 한결같이 우리를 비춰주는 별이죠. 우리는 그 별을 마글론

이라고 부른답니다. '프로방스의 피에르'의 뒤를 쫓아가서 칠 년에 한 번씩 결혼하는 예쁜 마글론 말이에요."

"어머나! 별들도 결혼을 하니?"

"그럼요, 아가씨…."

그러고 나서 그 결혼이라는 게 어떤 것인지 이야기해 주려고 할 때, 나는 무언가 보드라운 것이 내 어깨를 살며시 누르는 것을 느꼈습니다. 아가씨가 그만 졸음에 겨워 무거운 머리를 가만히 기대 온 것이었습니다. 아가씨는 먼동이 터 올라 별들이 빛을 잃을 때까지, 꼼짝 않고 그대로 기대고 있었습니다. 나는 잠든 아가씨의 얼굴을 보며 꼬박 밤을 새웠습니다. 아가씨가 한없이 사랑스럽게 느껴져, 가슴이 몹시 설레었습니다. 우리 주위에는 총총한 별들이 마치 헤아릴 수 없이 많은 양떼처럼 고요히 운행하고 있었습니다. 나는 문득 이런 생각이 들었습니다.

저 숱한 별들 가운데 가장 가냘프고 가장 빛나는 별 하나가 어쩌다 길을 잃어 내 어깨에 내려앉아 고이 잠들어 있구나.

역자(譯者) 소개

이상암

동국대학교 독어독문학과 졸업. 독일 뮌헨 루드비히 막시밀리안 대학 어학과정 및 독문과 수학, 영국 캠브리지 영어학교 수료. 서울 올림픽 통역 봉사, 기업체 전시회 번역 및 통역 다수. 번역한 책으로《독일인의 사랑》,《헤르만헤세의 사랑》등 다수

명한철

고려대학교 불어불문학과 졸업. 프랑스 소르본 대학 어학과정 및 철학과 수학. ㈜진도 파리, 뉴욕 주재원으로 근무. 기업체 브로슈어 다수 번역. 번역한 책으로《마지막 수업》,《생텍쥐페리 단편선》등 다수

조선애

한국외국어대학교 노어노문학과 졸업. 러시아 모스크바 대학 어학과정 러시아문학 수학. 번역한 책으로《푸스킨 단편선》,《첫사랑》등 다수

【본문그림】

20p 조르주 쇠라, 〈봄의 몽마르트르 생 뱅상 거리〉

37p 차일드 해섬, 〈7월의 밤〉

51p 에드바르트 뭉크, 〈입맞춤〉

212p~213p 알프레드 시슬레, 〈눈 내린 마를린의 슈닐 광장〉

252p 조르주 쇠라, 〈병자〉

【본문에 들어간 사진】

80~81p © 박성기　93p © 박성기　96~97p © 최원석　121p © 박성기

121~122p © 박성기　161~162p © 최원석　176~177p © 박성기　192p © 최원석

256~257p © 박성기　266~267p © 최원석